16	3	2	13
5	10	11	8
9	6	7	12
4	15	14	1

Coleção LESTE

István Örkény

A EXPOSIÇÃO DAS ROSAS
e A família Tóth

Tradução
Aleksandar Jovanovic

Prefácio
Nelson Ascher

editora■34

EDITORA 34

Editora 34 Ltda.
Rua Hungria, 592 Jardim Europa CEP 01455-000
São Paulo - SP Brasil Tel/Fax (11) 3811-6777 www.editora34.com.br

Copyright © Editora 34 Ltda. (edição brasileira), 1997
Tóték e *Rózsakiállítás* © 1967, 1977, Mrs. Radnóti
Tradução © Aleksandar Jovanovic, 1993

A FOTOCÓPIA DE QUALQUER FOLHA DESTE LIVRO É ILEGAL E CONFIGURA UMA
APROPRIAÇÃO INDEVIDA DOS DIREITOS INTELECTUAIS E PATRIMONIAIS DO AUTOR.

Edição conforme o Acordo Ortográfico da Língua Portuguesa.

Imagem da capa:
Detalhe de pintura de Edvard Munch, Autorretrato entre o relógio e a cama, *1943, óleo s/ tela, 120 x 149 cm, Munchmuseet, Oslo*

Capa, projeto gráfico e editoração eletrônica:
Bracher & Malta Produção Gráfica

Revisão:
*Leny Cordeiro, Wendell Setúbal,
Alberto Martins*

1ª Edição - 1993, 2ª Edição - 2016

Catalogação na Fonte do Departamento Nacional do Livro
(Fundação Biblioteca Nacional, RJ, Brasil)

Örkény, István, 1912-1979
  A exposição das rosas e A família Tóth /
István Örkény; tradução de Aleksandar Jovanovic;
prefácio de Nelson Ascher — São Paulo: Editora 34,
2016 (2ª Edição).
208 p. (Coleção Leste)

ISBN 978-85-7326-630-6

  1. Literatura húngara. I. Jovanovic,
Aleksandar. II. Ascher, Nelson. III. Título.
IV. Série.

CDD - 894.5

A EXPOSIÇÃO DAS ROSAS
e A família Tóth

Prefácio, *Nelson Ascher* 7

A família Tóth.. 11
A exposição das rosas 109

Sobre o autor 204
Sobre o tradutor 206

Traduzido do original húngaro *Tóték* (em *Nászutasok a légypapíron*, Budapeste, Magvetö, 1967) e *Rózsakiállítás* (Budapeste, Szépirodalmi, 1977), de István Örkény (1912-1979). As notas do tradutor fecham com (N. do T.).

PREFÁCIO

Nelson Ascher

Até o final da Primeira Grande Guerra, a maior parte da Europa Centro-Oriental pertencia a dois impérios, o Russo e o Austro-Húngaro. Ambas as construções políticas eram tão intrincadas, tão carregadas de contradições e contrassensos, que não chega a causar espanto o fato de tantos autores modernos dessa região terem se dedicado a uma literatura do absurdo ou do grotesco. Essa tendência, celebrizada, por exemplo, pelo cidadão de Praga Franz Kafka ou pelo romeno Ionesco, reforçou-se ainda mais na medida em que as mudanças históricas subsequentes patentearam que, nessa "outra" Europa, todos os tipos de desvario eram mesmo autóctones.

Assim, o que nas duas novelas do húngaro István Örkény pode parecer mais estranho para o público brasileiro é justamente o que seus leitores originais reconhecem como familiar. Isso se repete no confronto entre os dois textos, pois a ambientação urbana e quase contemporânea de "A exposição das rosas", embora beirando a ficção científica para uma sensibilidade húngara, assemelha-se mais a uma metrópole brasileira do que o clima provinciano e arcaico de "A família Tóth", em que sem dúvida os conterrâneos do autor se reconhecem.

O que importa, porém, é que ambas as narrativas representam perfeitamente não só o que de melhor se produziu, no século XX, na Hungria e em seus vizinhos, mas também as peculiaridades literárias nativas que, a partir pelo menos dos anos 1960, despertaram a atenção do Ocidente para os autores que trabalhavam nas terras localizadas, grosso modo, entre a Alemanha e a Rússia. São a secura específica, o humor corrosivo, a intimidade com os desastres históricos, a recusa de compromissos fáceis e o desdém pelas crendices utópicas que se tornaram a marca registrada dos sobreviventes (ou filhos dos sobreviventes) da guerra, da devastação, do extermínio, dos expurgos etc.

Ninguém se adequa mais à definição de sobrevivente do que o judeu — perseguido tanto por nazistas quanto pelos stalinistas (aliás, não foi por falta de vontade que os soviéticos e seus satélites deixaram de se transformar em sinônimo de antissemitismo máximo, mas pela superior eficiência e determinação dos alemães) — e o intelectual independente. Örkény se incluía em ambas as categorias, o que torna representativa sua trajetória.

Filho de um farmacêutico, ele formou-se engenheiro químico e publicou suas primeiras histórias, na década de 1930, na revista *Szép Szó*, de orientação socialista independente (ou seja, desvinculada de Moscou), que tinha entre seus editores o famoso historiador das "democracias populares" François Fejtö. Quando seu primeiro volume saiu, em 1941, a guerra já havia começado e o autor, convocado, sendo judeu, seria em breve enviado à frente russa (a Hungria se aliara à Alemanha) não como combatente, mas num batalhão de trabalhos forçados. Prisioneiro de guerra na URSS, ele conheceria a fundo a vida nos campos de concentração russos e viria a descrevê-la num livro e tematizá-la em vários contos. Seu apoio à revolução húngara de 1956 resultaria num silêncio forçado de vários anos, com a proibição de publicar e uma malsucedida tentativa de se adaptar ao compulsório modelo realista-socialista, com herói positivo e todo o resto.

Sua principal produção começa no decênio seguinte e compreende contos, novelas, peças de teatro e uma contribuição particular à criação de um gênero: o que ele chamou de "contos de um minuto", ou seja, histórias instantâneas, frequentemente brevíssimas, que borravam os limites entre a prosa e a poesia, a ficção e a notícia, recorrendo inclusive ao *objet trouvé*. A este período pertencem as duas novelas que seguem. Uma delas, "A família Tóth", existe também em versão teatral do próprio escritor, e as duas contam com traduções para o inglês e o francês.

O pano de fundo de ambas é, obviamente, a morte e tudo o que se faz para evitá-la ou apressá-la. Desnecessário dizer o quanto de distanciadamente irônico há na atitude do escritor em face dos percalços de seus personagens. Outra de suas características centrais é a sutileza, tudo o que se diz ou se insinua nas entrelinhas. Vale a pena prestar atenção à maneira como o narrador de "A família Tóth" se refere aos judeus da cidadezinha. Eles simplesmente não estão mais lá — sabemos que já foram deportados e, talvez, exterminados —, mas o texto fala apenas, inocentemente, de um cinema ou de uma casa que pertenciam a tal ou qual pessoa, mencionando um nome judeu, sem sequer pensar no seu desaparecimento, e isto não por vileza, só por ver o fato como ligado menos ao mundo dos homens que ao reino da natureza.

Os textos do presente volume foram traduzidos diretamente do original húngaro pelo linguista, ensaísta e tradutor Aleksandar Jovanovic, responsável por uma excelente antologia de poesia sérvia moderna, pela tradução do poeta iugoslavo Vasko Popa e do romancista Milorad Pavic, entre outros. Trata-se, sobretudo, de uma continuação do trabalho de divulgação no Brasil da literatura húngara, iniciado há meio século por Paulo Rónai, que, nas suas antologias de contos magiares, apresentou em português os melhores autores clássicos e modernos de seu país de origem, chegando ao limiar da atualidade com um conto de Tibor Déry, contemporâneo mais velho de Örkény. Com este livro de István Örkény acreditamos estar abrindo para o público brasileiro uma janela verdadeiramente cosmopolita para um filão riquíssimo da imaginação contemporânea.

Nelson Ascher

A FAMÍLIA TÓTH

Se uma cobra (coisa rara) devora a si própria, será que em seu lugar fica um vácuo do tamanho de uma cobra? Existe, por outro lado, uma força tão poderosa a ponto de fazer um homem devorar a sua natureza humana? Existe? Inexiste? Existe? Isto é uma charada!

* * *

Cartão-postal vindo da frente de batalha

Queridos pais e querida Ágika! Informaram-me ontem que o nosso estimado comandante, o senhor major Varró, deverá viajar para casa, em licença médica de duas semanas, devido a seu abalado estado de saúde. Procurei-o imediatamente e tentei convencê-lo a utilizar a hospitalidade de meus queridos pais, em vez de usar a residência, barulhenta e poeirenta, que seu irmão mais jovem possui na capital. Ele, no entanto, recusou o convite, explicando que, devido ao fato de estar com os nervos abalados, não desejava tornar-se um peso para quem quer que seja. Na verdade, o nosso querido senhor comandante está sofrendo de insônia em consequência da escalada de atentados cometidos pelos *partisans*; ultimamente, tem estado sensível até para os diversos odores. Existem alguns cheiros que ele sequer pode suportar; outros, como o aroma do pinho, chegam a acalmá-lo. Por sorte, lembrei-me de que a residência do irmão dele não fica muito longe da fábrica Spódium, onde restos putrefatos de carne animal são industrializados. Tornei a procurá-lo, e descrevi-lhe a casa de Mátraszentanna, o seu jardim ensolarado, a vista para o monte Bábony, o aroma de pinho que encobre o vale de Bartalapos e, imaginem só, o nosso comandante acabou aceitando o convite! Vocês podem imaginar o que isto significa para mim! O trem dos militares em gozo de licença deverá partir de Kursk, e ele já me prometeu que poderei acompanhá-lo até à estação no veículo do batalhão. Meu Deus, finalmente poderei tomar um banho!

Capítulo 1

Mátraszentanna é um pequeno vilarejo nas montanhas. Não possui esgoto, e para que alguém possa ter uma latrina com água corrente, torna-se necessário instalar uma bomba no poço. Apenas o professor Cipriani, o proprietário da única residência de veraneio local, pode regozijar-se de ter uma. Os demais sequer ousam sonhar com uma coisa dessas. Nem mesmo a família Tóth, que, a exemplo dos outros mortais, é dona de uma simples privada.

Diante da casa da família Tóth, na rodovia, havia um enorme barril sobre rodas, de odor desagradável, de onde saía um cano estriado, da grossura de um braço, que atravessava a cerca, passava pelos canteiros de dálias, seguia rente à parede lateral da casa e ia direto para a privada aninhada nas sombras das moitas de goivo.

— Bem, devemos bombear ou não? — perguntava o dono do barril a Lajos Tóth.

— Isso depende: se estiver fedendo, sim. Mas eu já me acostumei tanto com o cheiro que essa decisão deve ser tomada pelo senhor, doutor — dizia Tóth.

O dono do barril respirou fundo, algumas vezes, enquanto mantinha os olhos cerrados. Finalmente, pronunciou-se assim:

— Serei franco: o cheiro de sua privada, senhor Tóth, no momento, é um tanto perceptível, mas não chega a ser desagradável.

— Mas, se tem cheiro, então o senhor deve bombear — observava Tóth. — Afinal, é a vida do nosso querido Gyula que está em jogo, meu caro doutor.

O dono do barril era detentor de um doutorado em Direito, mas ganhava duas vezes mais com a limpeza das privadas do que seria capaz de receber se tivesse seguido a vocação de advogado. Ele aspirava o ar com expressão cismada.

— Não é fácil dar palpites, caro senhor comandante dos bombeiros. Suponhamos que eu comece a bombear. E então, o que acontece? Essa massa pode agitar-se, e eu estarei bombeando à toa, e, em vez de ajudar, acabarei piorando a situação. Agora, contudo, enquanto a massa está firme, a crosta seca que está sobre a superfície impede a formação de odores.

— Mas, então, meu caro doutor, o que deve ser feito?

— Para mim, entre dois males, devemos escolher o menor. A questão é apenas saber em que medida o major é sensível aos cheiros. Qual é a opinião de seu prezado filho a esse respeito?

— Gyula escreveu dizendo apenas que ele é sensível.

— Pois, então, por que é que o senhor pensa que o cheiro iria incomodá-lo?

— Porque, certa vez, um de nossos inquilinos já se queixou do cheiro — observou Tóth, preocupado. — E ele nem era um major; tratava-se apenas de um fiscal de vagão-leito.

— Meu caro senhor comandante! — disse o dono do barril, após uma breve meditação. — Deixe-me falar de modo claro. Não tenho o hábito de enganar os meus clientes antigos, como é o seu caso; menos ainda quando se trata de um risco tão grande. A situação, portanto, é a seguinte: para que tudo fique inodoro, depois do bombeamento (se é que se pode admitir a hipótese de que o cheiro desapareça), são necessárias de quatro a cinco semanas. Quanto tempo temos até a chegada do hóspede?

— Ele deve chegar no primeiro trem que traz os militares em licença.

— Neste caso, é preferível não fazermos coisa alguma.

— Muito grato pelo gentil esclarecimento — disse Tóth. — Permita-me perguntar-lhe: quanto lhe devo?

— Somente o bombeamento custa dinheiro. Meus conselhos são gratuitos — disse o dono do barril.

* * *

O primeiro ônibus intermunicipal parte de Mátraszentanna para Eger às 5h30 (há outros dois: um, às 13h20; outro, às 18h00). A senhora Tóth foi à cidade no ônibus da manhã e dirigiu-se diretamente ao Cine Apolo. O saguão estava vazio. Apenas um homem careca estava sentado na bilheteria. Em verdade, tratava-se do senhor Aszódi, o novo proprietário.

— Permita-me perguntar-lhe, por acaso, não é o senhor Aszódi?

— Ele mesmo. E a senhora, quem é?

— Antigamente, ainda no tempo do senhor Berger, eu era a faxineira.

— Fale mais baixo — observou o novo proprietário, porque a sessão estava em andamento, mas as portas haviam sido abertas parcialmente devido ao calor do meio-dia. — É a senhora Tóth ou a Mariska?

— Sou a senhora Tóth, mas o meu nome de batismo é Mariska.

— Parece que sempre mencionavam a senhora com os dois nomes — sussurrava o novo proprietário. — Todos fazem elogios à senhora.

— Fico muito contente, senhor Aszódi. Trabalhei durante doze anos para a família do senhor Berger. A mulher comia comida *kasher*; ele, comida francesa. Além de cozinhar, eu também fazia a limpeza.

— E a senhora estaria disposta a trabalhar de novo? — interessou-se o novo proprietário. — A faxineira atual tem medo de trabalhar no escuro.

— No momento, não — disse Mariska. — Agora, estou aceitando apenas lavar roupas, leves ou pesadas. Além do mais, o comandante do meu filho será nosso hóspede. É justamente por isso que eu gostaria de fazer-lhe um pedido, senhor Aszódi. O senhor poderia emprestar-nos o vaporizador por duas semanas?

— Mas o que é isso? É alguma máquina a vapor?

— Não. Antigamente, no tempo da família Berger, usávamos o vaporizador para perfumar o cinema.

— É, então, uma espécie de defumador? — interessava-se o novo proprietário.

— Olhe, o senhor deve usar aquilo como uma bomba de bicicleta — explicava Mariska, aos sussurros. — É uma questão de vida ou morte arrumarmos aroma de pinho durante as duas semanas em que teremos hóspede.

— Pode levar — cochichava, bondoso, o novo proprietário. — Mas eu nem sei se temos isso aí.

— No tempo da família Berger, a gente guardava aquilo naquela escada em caracol, aquela que vai para a sala de projeção.

— Dê uma olhada, minha cara — disse o novo proprietário. — Mas tome cuidado, porque a escada costuma ranger.

Mariska subiu a escada na ponta dos pés. O vaporizador estava lá, pendurado sobre o mesmo prego dos tempos da família Berger.

* * *

Uma das principais fontes de renda dos habitantes de Mátraszentanna era o aluguel de quartos. Infelizmente, a agência de turismo Ibusz acabou incluindo a comunidade na categoria C/2, isto é, uma das últimas da lista, devido à água salobra e à falta de saneamento. Assim, a maioria dos veranistas era composta de funcionários com pouca qualificação e pouco dinheiro e aposentados miseráveis. Receber um major como hóspede, até mesmo em tempos de guerra, representava o mesmo que obter um ingresso para o céu.

No terceiro verão da guerra, não era apenas o professor, filho da família Tóth, quem servia o Exército, mas sessenta por cento das famílias possuíam um membro na frente de batalha. A chegada do major chegou a despertar nos demais moradores também uma espera supersticiosa, como se a presença do oficial representasse uma espécie de defesa para cada um dos filhos alistados.

Ágika, no entanto, nem sabia disto. Ela tampouco sabia muito bem o que significava ser major, porque considerava o comandante dos bombeiros de Mátraszentanna o posto mais elevado de todas as funções militares. De mais a mais, estava naquela fase sensível da vida (havia completado dezesseis anos), quando o maior temor das moças é ser objeto de chacota.

— A senhora não deve ficar zangada comigo — dizia à mãe —, mas isso a senhora nem pode exigir de mim.

Os moradores do vilarejo acabavam prestando ajuda mútua, muitas vezes, visando o interesse dos veranistas. A senhora Tóth, que nem parecia dar conta das tarefas domésticas, fez uma lista de objetos que Ágika deveria pedir emprestados (da família Kasztriner, uma colcha chinesa; do pároco Tomaji, uma forma para pudim; da cozinheira do professor Cipriani, gelatina para preparar geleia de carne etc. etc.). Mas como uma jovem de idade sensível poderia arrastar uma carroça de brinquedo, perambulando pelo vilarejo em busca de objetos ridículos? Isso, em definitivo, uma mãe não poderia exigir!

Elas estavam discutindo este assunto quando Tóth chegou. Ele encarou a filha sem franzir o cenho.

— Vocês conversavam a respeito de quê, minha filha? — indagou mansamente.

Ágika ficou corada. Onde quer que o pai aparecesse, com sua figura alta e robusta, envergando o cintilante capacete de bombeiro, com sua expressão paciente e calma, problemas como este acabavam se anulando.

— A respeito de nada. Estou indo ajudar a mãe — disse.

Ela apanhou a carroça de brinquedo e partiu sem demora, embora a contragosto. Mas o que será que aconteceu? Logo de saída, o velho casal Kasztriner (a quem ela expôs o pedido da mãe, de modo desajeitado) ficou agitado.

— E quem é o hóspede para quem vocês estão pedindo a colcha emprestada?

— Sei lá, um soldado — disse Ágika, dando um passo para trás, mostrando com isso que ela se mantinha distante do tal soldado.

— Mas que soldado?

— Um major qualquer.
— E como é que o tal major foi parar na casa de vocês?
— Bom, é que ele é o comandante do Gyula.
— Santo Deus! — admirou-se a senhora Kasztriner, que, além do filho, ainda tinha um sobrinho na frente de batalha da União Soviética. — Conte-me tudo, do começo ao fim.

Ágika saiu de casa cedo, antes do almoço, mas acabou chegando somente à tarde. Enquanto isso, a carroça de brinquedo acabou ficando repleta de objetos emprestados, e ela se tornou o centro da curiosidade e da inveja públicas. Mandavam-na contar e recontar o acontecimento extraordinário. Excitados, os interlocutores quase a desmontaram, e ofereciam-lhe tudo o que havia de melhor, festejavam-na, em verdade. Como resultado disso, o major, a quem ela tinha verdadeira repugnância no começo, de hora em hora tornava-se mais atraente e assemelhava-se, cada vez mais, ao seu próprio pai. Devia ser tão alto e tão airoso quanto o pai. Os mesmos movimentos sincronizados e belos do pai. E que coragem! E que cavalheiro! Nem usava carteira. Levava as notas de papel enroladas no bolso. Quando precisava pagar algo, simplesmente jogava um desses rolos pequenos. Os subordinados, claro, devem endeusá-lo, mas os soviéticos, bem, esses, à simples menção de seu nome, fogem aterrorizados para os bosques... Um verdadeiro herói!

Ao fim de tudo, Ágika estava tão entusiasmada que nem conseguiu entrar em casa. Empurrou a carroça de brinquedo pelo portão do jardim e continuou caminhando pela estrada até a curva em que acabam as casas e nada mais pode perturbar a visão do cume do monte Bábony, coberto de bosques, e do aprazível vale de Bartalapos. Ágika contraiu o corpo extasiado e os pequenos seios que começavam a ficar arrebitados, e sussurrava para si própria, com os olhos esbugalhados e embevecidos:

— Um oficial! Um oficial! Um oficial! Um oficial!

* * *

Telegrama

Comunicamos que o alferes Gyula Tóth (8/117) teve morte heroica no combate travado com o inimigo.

Cruz Vermelha Húngara

* * *

O carteiro de Mátraszentanna foi convocado pelo Exército assim que a guerra estourou. Em seu lugar, acabou trabalhando um sujeito corcunda, meio apalermado e meio gago. Todos chamavam-no de tio Gyuri.

De fato, tio Gyuri tinha apenas um problema de senso de equilíbrio, que, no entanto, não chegava a ser grave. Todas as manhãs, quando terminava de entregar a correspondência, caminhava exatamente sobre a linha divisória imaginária da estrada, e detestava que algo viesse a perturbar essa simetria. Chutava em direção da valeta os objetos que encontrava sobre a linha imaginária. Mas, se alguém, durante a espera impaciente pela correspondência, ousasse pôr os pés na estrada, veria suas cartas apenas no dia seguinte, como forma de castigo.

Quando ele chegava ao poço artesiano, curvava-se sobre a água e ajeitava-se de tal modo que a sua própria imagem pudesse contemplá-lo do centro geométrico do poço. Muitas vezes xingavam-no ou o escorraçavam, acreditando que ele cuspia dentro do poço. Isso não era verdade, no entanto. Tio Gyuri apenas deixava escapar da boca um fio de saliva fino como uma linha de seda e, assim que conseguia balançar o fio sobre o eixo imaginário do poço, sorvia-o entre os lábios. De certo modo, assim se refrescava.

O senso de simetria de tio Gyuri desempenhava também papel importante na entrega das correspondências. Por exemplo: ele odiava o professor Cipriani, o especialista em doenças nervosas, de renome europeu, cujo veículo, frequentemente, estava estacionado à entrada de sua residência, à beira da estrada, numa posição claramente assimétrica. Em contrapartida, estimava muito a família Tóth e, em especial, o próprio Lajos. Na verdade, Gyuri alimentava verdadeira paixão por Lajos. É comum que os esfarrapados enxerguem seres sobre-humanos na figura dos que usam uniformes ou que os aleijados se vejam naqueles que têm corpos perfeitos. Mas isso não é tudo. Lajos Tóth sempre se preocupou com a sua aparência: jamais alguém o viu com o capacete torto ou um lenço aparecendo do interior do bolso. Para o tio Gyuri, Lajos representava o superlativo da simetria humana, porque até o cabelo estava repartido ao meio de maneira exata, isto é, se alguém o cortasse em duas partes, com uma faca afiada, com certeza ele se dividiria, a partir da linha do cabelo, em duas partes rigorosamente iguais, o que é difícil de fazer até com um ovo.

Graças a isso, a família Tóth recebia somente as notícias boas da frente de batalha. Um dos cartões-postais que Gyula enviou da frente de batalha, e que falava apenas de uma leve intoxicação provocada por linguiça, o tio Gyuri destruiu, movido pela melhor das intenções.

A janela da agência dos correios, em Mátraszentanna, abria-se para o quintal, onde, a uma distância de um braço estendido a partir da escrivaninha, havia um barril destinado a recolher a água das chuvas, repleto de um líquido esverdeado e viscoso. Tio Gyuri, depois de examinar minuciosamente a correspondência diária, atirava no barril as cartas condenadas à destruição. Naquele mesmo dia, o convite de bordas douradas, destinado ao professor Cipriani e senhora, que os chamava para o *garden-party* oferecido pelo chefe do governo húngaro e esposa, bem como o telegrama da Cruz Vermelha, que anunciava a morte de Gyula, tiveram o barril de água como destino. Desse modo, a família do professor Cipriani acabava recebendo uma espécie de safanão e a querida família Tóth estava sendo poupada do luto. O equilíbrio do mundo acabava sendo restabelecido.

Ao meio-dia, quando tio Gyuri se encontrou com o comandante dos bombeiros, na rua, começou a piscar para ele, de longe, sinalizando com isso que, enquanto ele fosse o carteiro, nenhum mal haveria de atingir a estimada família Tóth. O seu alegre piscar de olhos pareceu estranho para Lajos.

— Por que você está contente, tio Gyuri? — indagou.

— O que não está bem hoje poderá estar pior amanhã — respondeu o carteiro com uma careta disforme, que lhe substituía o sorriso.

— Não há outra novidade?

— Tirando isso, tudo está em ordem.

Tóth convidou-o para um copo de vinho. Brindaram e beberam pela saúde de seu filho alferes.

* * *

Mátraszentanna é um lugarejo escondido nas montanhas, onde raras vezes chegam majores. Numa bela manhã de julho, no entanto, excepcionalmente dois majores desceram do ônibus que fazia a ligação regular com Eger. O primeiro saltou do veículo em movimento. Era esguio, de boa aparência, com ar de mandão: ninguém poderia sequer sonhar com alguém que tivesse mais jeito de major. Era assim que imaginavam que o comandante de Gyula fosse.

Estranharam que o hóspede nem se preocupasse em olhar ao redor, mas caminhasse, com passos seguros, em direção ao caramanchão do restaurante que havia pertencido aos Kleins.

— Senhor major! — gritou Tóth. Mas o militar sequer olhou para trás.

Conseguiram alcançá-lo apenas no jardim do restaurante. Cercaram-no e observavam-no com impaciência cordial. Ele, entretanto, reagiu de modo pouco amistoso:

— Por que ficam incomodando a gente?

— Respeitável senhor major — disse Tóth. — Eu sou o Tóth.

— E o senhor deseja o quê de mim?

Tóth lançou-lhe um olhar encorajador e empurrou a filha para frente:

— Cumprimentamos o senhor major com carinho, e esperamos que o senhor se sinta bem em nossa modesta casa — disse Ágika com voz embargada, enquanto estendia um buquê de rosas vermelhas.

— Os senhores estão me confundindo com outra pessoa!— respondeu o major, aborrecido. — Estou viajando para passar férias em Mátraszentmiklós. Mas agora estou vendo que, em vez de Mátraszentmiklós, estou em Mátraszentanna.

Virou-lhes as costas, voltou correndo para o ônibus, carregando as rosas.

A família Tóth o observou com ar surpreendido; depois, entreolharam-se assustados e abandonaram o jardim do restaurante correndo.

O outro major, que só poderia ser o major deles, estava ali parado diante do ponto de ônibus.

Tóth sentiu uma pequena frustração. Então, um homem de estatura tão pequena pode tornar-se major também? Ademais, ele não era apenas bem menor do que o outro major, mas possuía, ainda, um aspecto surrado. Estava encostado à armação do poço artesiano com ar cansado, botas puídas e casquete de batalha desbotado pelo sol... Somente Ágika não estava frustrada com ele. Embora o outro major lhe agradasse também, ela estava encantada com este. As manchas de gordura existentes na túnica, ela enxergava como marcas de sangue, e fitava o militar como se fosse um estandarte de batalha vivo, dilacerado por um projétil e chamuscado de pólvora. No fundo, ela bem que lhe daria um beijo, como quem oscula uma relíquia.

Feitas as apresentações e os cumprimentos mútuos, Tóth começou a tentar justificar-se, mas o major nem tomou conhecimento, e menosprezou, com um gesto, a troca de identidades ocorrida há pouco. É, no entanto, de conhecimento geral que as pessoas que ocupam posições tão elevadas costumam ofender-se com facilidade.

A família Tóth começava a tranquilizar-se quando a nuvem de um novo desentendimento começou a encobrir o encontro, já desembaraçado da confusão feita com os dois majores. É fato que o major falava com uma voz fanhosa, como se a poeira da longa jornada tivesse lhe atingido as cordas vocais. Isso, contudo, não é desculpa, porque, embora fanhoso, ele falava de modo bastante compreensível. E, ainda por cima, disse o seguinte:

— Jamais poderia imaginar que a sua prezada filha fosse tão crescida!

Mas a família Tóth — e os três membros da família, sem exceção — entendeu esta declaração educada assim:

— Eu só gostaria de saber quem é que tem uma boca tão fedida!

Eles ficaram estarrecidos. Tóth era o mais estupefato de todos e, como se não tivesse outra escolha, prendeu a respiração, imediatamente.

Para compreender a coisa toda, é preciso tomar conhecimento do empenho da família Tóth para deixar a casa perfumada. Plantaram mudas de resedá ao redor da privada existente no quintal. Deixaram ventilar a privada, dias a fio, e depois encheram todos os cantos com fragrância de pinho esparzida com o vaporizador. E após todos esses preparativos, Lajos Tóth, ex-ferroviário, atual bombeiro do vilarejo, conhecido pela sagacidade e equilíbrio, sentou-se e enfiou, goela abaixo, a sua refeição matinal de sempre: um copo de aguardente e três torradas com alho!

A esposa e a filha encaravam-no apavoradas, e o major, acompanhando o gesto das duas, também encarou Tóth, cuja face começou a ruborizar-se, os olhos, esbugalhados, e um fio de suor começava a descer-lhe pela fronte. Então, o major, educado, perguntou-lhe:

— O senhor, meu caro Tóth, não está se sentindo bem?

— Coitadinho, ele está arrependido — explicava Mariska —, porque comeu torradas com alho no café da manhã.

O major mediu Tóth de alto a baixo e, a seguir, pronunciou-se assim:

— Olhem, meus caros. O meu sistema nervoso sentiu, profundamente, o serviço militar prestado na frente de batalha. E a parte do leão disso tudo deve ser creditada à atuação ardilosa dos guerrilheiros. Na verdade, devo estar explicando isso aos senhores em vão; contudo, apresentarei um exemplo para que possam, ao menos, ter uma noção a respeito da situação toda.

A título de exemplo, narrou, com riqueza de pormenores, a matança de um porco, quando foram assaltados pelos guerrilheiros que carregaram o porco inteiro e, por pouco, não acabaram aniquilando o comando inteiro do batalhão.

A narrativa prendeu a atenção das duas mulheres. Mas o dono da casa parecia o único que não estava interessado, fato que o major percebeu:

— O senhor não se interessa por aquilo que eu estou dizendo?

Tóth nem respondeu; ficou, contudo, mais arroxeado.

— Claro que sim! — protestou Mariska em nome do marido.

— A única coisa de que ouvimos falar é a frente de batalha, a frente de batalha e a frente de batalha — acrescentou Ágika, olhos brilhantes. — Mas, até o momento, não temos a mínima ideia do que está acontecendo por lá.
— Mas por que o seu pai está com essa cor de ameixa roxa? — interessou-se o hóspede.
— Porque ele não tem coragem de expirar o odor de alho — disse Mariska.
— Respire agora mesmo! — ordenou o major.
E foi o que aconteceu. Tóth começou a respirar regularmente e os seus olhos voltaram à posição normal, dentro das órbitas.
— Que isto não se repita mais! — afirmou o major com desaprovação. — Espero que os senhores não fiquem me poupando por causa do meu estado de nervos. Sou uma pessoa disciplinada, que sabe controlar-se... O que é que há ali, atrás de mim, meu caro Tóth? — perguntou, de repente.
— Apenas o restaurante que era dos Kleins e a residência paroquial.
— Está certo, então — tranquilizou-se o major.
Ele declarou que, por coisa alguma no mundo, desejava ser um peso para os anfitriões e que, se percebesse que a sua presença os embaraçava, preferia retornar... Solicitava que considerassem a sua presença como se fosse apenas ar. Enquanto isto, olhou para trás, diversas vezes, e voltou-se para Tóth:
— O senhor está vendo algo anormal atrás de mim?
— Nada de excepcional, prezado senhor major.
— É porque o senhor olha para lá o tempo todo.
— Estou apenas contemplando o prezado senhor major.
— Olhem, meus caros — disse o major. — Basta que uma boa parte do mundo esteja atrás de nós. Por que agravar essa situação e, ainda por cima, ficar olhando para lá o tempo todo?

Um curto silêncio. A família Tóth estava parada ali, paralisada. Não conseguiam compreender muito bem os reparos que o major fazia. Percebiam, apenas, que ele continuava olhando para trás, de intervalo em intervalo, e como fosse o horário do almoço, não havia viva alma nas ruas. "O que o estaria incomodando?", perguntava-se Mariska. Seu único desejo era que o prezado hóspede se sentisse da melhor forma possível, que nenhuma lembrança desagradável ou ofensiva, após algumas semanas, acabasse custando a vida do filho... A consciência desse fato aumentou a preocupação dela: já estava naquele estado em que seria capaz de cair em lágrimas se um grão de poeira viesse a incomodar o major... Ela não poderia deixar as coisas assim como estavam.

— Tome cuidado, meu querido e bom Lajos; veja lá em que direção você fica olhando — disse, mansamente.

— Mas em que direção estou olhando? — perguntou Lajos, irritado.

— Faça o favor de olhar para onde tiver vontade de olhar — disse o major com reserva. — Não tenho exigências ou desejos fora do comum.

O major desejava tranquilizá-los com estas palavras. Nem por isso conseguiu atingir o intento. Quando desconhecemos a causa de um mal, torna-se difícil encontrar-lhe o remédio. Tóth pregou os olhos primeiro no chão; depois, ergueu a fronte para o céu. Mas isto também se mostrou uma solução parcial. Agora, o major não virava apenas a cabeça para todos os lados, mas também virava-se de um lado para outro, de tal modo que, cedo ou tarde, tudo acabava ficando às suas costas.

Quando o cérebro dos adultos entra em curto, às vezes são as crianças que salvam a situação. Foi o que aconteceu.

— Deixe-me dizer uma coisa — gritou Ágika com sua voz juvenil. — Se o senhor puxar o capacete mais para a frente, papai, tanto faz para que lado ficará olhando.

— É, e o que mais? — rosnou Tóth, indignado.

— Mas pense a respeito, meu querido e bom Lajos — observou Mariska.

O capacete era a parte mais vistosa do uniforme dos bombeiros do vilarejo: sobre a testa, havia uma placa redonda em que estava gravada a identificação Bombeiro Comunal. Debaixo da placa, por outro lado, o capacete protegia os olhos dos bombeiros das faíscas. O Regulamento da Associação dos Bombeiros do Norte da Hungria prescrevia que o capacete deve formar um ângulo de 90 graus com o corpo do bombeiro quando mantido em posição horizontal. Claro, Lajos Tóth não era um homem que, nos momentos tão decisivos da vida, levasse em consideração os regulamentos; ele temia ser objeto de chacota, ou, do fundo do coração, desejava conservar a sua autoridade.

De qualquer modo, ele gozava de prestígio generalizado em Mátraszentanna. Antes de ser escolhido para comandante dos bombeiros, todos os habitantes dos arredores ridicularizavam o lugarejo como sendo um ninho de fogo. Contudo, o antecessor, um bombeiro esbelto, nervoso, desejoso de grandes feitos, brigava o dia inteiro, subia, descia, e não deixava os moradores em paz. Fazia simulações de incêndio; implantava proibições complicadas; multava os transeuntes se jogassem um cigarro aceso. E qual foi o resultado? Incêndio após incêndio.

Lajos Tóth não agia desse modo. Parece que a própria ação daquele que nasceu para ser bombeiro contém a essência daquilo que pode evitar os incêndios. Ele circulava pelo vilarejo inteiro, todos os dias, envergando o uniforme vistoso que se ajeitava, de maneira cerimoniosa, sobre o seu corpo avantajado; conversava com os transeuntes; visitava os conhecidos. E apesar de jamais ter feito sequer menção às contravenções que poderiam gerar sinistros, sempre que uma ponta de cigarro queimava em algum lugar, havia duas ou três pessoas que, de imediato, se precipitavam, disputando quem seria o primeiro a apagá-la com os pés. Durante os catorze anos de seu comando, não ocorreu um único incêndio.

A autoridade de Lajos Tóth não se restringia, contudo, às questões ligadas aos bombeiros. Ele ocupava o lugar principal nos casamentos. Nas disputas por herança, a palavra decisiva era a dele; quem desejasse mudar o fogão de lugar, socorria-se com ele. Nos casos de falecimentos, chamavam o legista somente depois de ele promulgar a sentença:

— Coitado, está morto.

Contudo, ele não entendia mais do que os outros de questões judiciais, de problemas relacionados a fornos ou como deveriam marinar um presunto. Ele dizia sempre a mesma coisa que os outros teriam dito; talvez um piscar de olhos antes do que os outros. Uma vez que os demais não sabiam que aquilo que Tóth dizia eles próprios seriam capazes de lembrar, o comandante dos bombeiros conseguiu a fama de homem inteligente. O que ele fazia, estava bem-feito. Se chutava uma pedra, ela sempre parava no lugar exato; no local definido, e único possível, onde quer que esse ponto estivesse localizado. A autoridade, aliás, é como um carimbo: nada tem a ver com o documento em questão, mas este só se torna oficial por causa daquele.

No lugar de Tóth, qualquer pessoa pensaria pelo menos duas vezes antes de sair pela única rua movimentada de Mátraszentanna com o capacete enfiado sobre os olhos. Ele, no entanto, cedeu aos pedidos de Mariska, como se fossem os olhos do filho amado que o estivessem contemplando. Puxou o capacete para baixo.

— Então? — rosnou, a seguir. — Pronto. O que mais vocês querem?

— Nada — disse a esposa. — Você é um homem excelente, meu querido e bom Lajos.

— Até que cai bem — acrescentou Ágika. — Aliás, o papai fica até mais elegante assim!

— Não se poderia nem sonhar com uma solução melhor — reconheceu o major.

Tóth recebeu este reconhecimento com expressão séria. E ela não se alterou nem mesmo quando conseguiram conduzir o major, pela rodovia, na direção de sua residência. Entretanto, se não tivesse puxado o capacete sobre os olhos, bem que ele poderia contar a todos que ele e sua família desfilaram numa parada gloriosa em Mátraszentanna. Por onde passavam, as janelas se abriam, as cortinas se mexiam, sombras se esquivavam. A família Szabó carregou o avô paralítico para o quintal, e a senhora Géza (mulher de má reputação) correu para recolher do varal as roupas de baixo, cuja presença seria ofensiva ao pudor e, enquanto isso, observava o major da família Tóth, olhando de dentro da cortina formada por seus lençóis. As carroças paravam; as crianças interrompiam os seus folguedos e olhavam boquiabertas.

O major não percebeu coisa alguma desse interesse despertado por ele próprio. Estava, de fato, preocupado com fenômenos de outra espécie. Por exemplo, olhava desconfiado para as braçadeiras dos canos de esgoto diante das casas. Um pedaço de barbante que saía do asfalto e desaparecia na capoeira da beira da estrada chamou-lhe a atenção. Contornou o barbante, cuidadoso, e advertiu a família Tóth:

— Cuidado! Não pisem nisto!

Mais tarde, quando cruzaram com um grupo de escoteiros, cujo comandante trinou o apito de modo inadvertido, o major escondeu-se atrás de uma árvore, à beira da estrada.

— Como é que esses moleques têm a coragem de apitar? — indagava, raivoso.

Ele já estava cansado quando chegou. Depois, esse longo passeio e os sustos que o acompanharam, deixaram-no mais exausto ainda. Quando chegou à casa da família Tóth, mal conseguia manter-se sobre as pernas. Nem chegou a dar valor às famosas dálias de Mariska; não observou a maravilhosa vista que podia ser contemplada da varanda envidraçada; sequer chegou a perceber o aroma de pinho que enchia a casa. Suportava, inerte, que o dono da casa e a esposa lhe tirassem a roupa, enfiassem nele o pijama e o colocassem na cama. Assim que se deitou, caiu em profundo sono, do qual chegou a acordar somente ao nascer do sol.

Quando os olhos do major já estavam se fechando, ainda disse a Mariska, lá do umbral do sono:

— Prezada Mariska: se, por acaso, aparecer uma velhota, disfarçada de padre ortodoxo, para tentar trocar mel em favos por sal, mandem fuzilá-la.

— Tudo estará na mais perfeita ordem, respeitável senhor major — tranquilizou-o a senhora Tóth.

Ela saiu para a varanda na ponta dos pés e, olhos marejados, suspirou:

— Coitadinho!

— Quanto ele deve ter sofrido!— acrescentou Ágika.

A menina também engolia as lágrimas. Apenas Lajos estava ali parado, casmurro, insensível. Um sentimento indefinido o incomodava:

— Eu queria apenas saber o que ele tem contra mim — rosnava.

— Meu querido e bom Lajos, você parece ver fantasmas ao meio-dia — disse a esposa.

— Eu já não tenho coragem de olhar para direção alguma, porque posso enervá-lo — protestava Tóth.

— Ele vai acabar gostando de você! — encorajava-o Mariska. — Basta que ele durma, que se recupere. Afinal, todos gostam de você!

Tóth meneava a cabeça, como alguém que não está aguardando coisas muito boas. E como se fosse um eco de seus pressentimentos, Hektor, o cão pastor, premiado em competições, começou a uivar, de modo agourento, no jardim do professor Cipriani.

Capítulo 2

O major Varró dormiu até o final da tarde. A senhora Tóth e Ágika trabalhavam ativamente. Enquanto elas cozinhavam, assavam, lavavam e passavam, o dono da casa recebia os visitantes. Muitos haviam perdido o desfile da manhã e agora desejavam ver o major. Tóth, na ponta dos pés, conduzia-os até à porta que estava apenas encostada, abria uma fresta, e sussurrava:

— Por favor, podem olhar à vontade.

Ele não apressava os curiosos. Todos podiam examinar, detidamente, o hóspede que dormia: a senhorita Bakos, a professora; o pároco, senhor Tomaji; Sándor Sóskúti, o maquinista do gerador de energia elétrica, e muitos outros. Por fim, apareceu Lörincke, o ferroviário que morava na vizinhança e que, supostamente, era amigo de Tóth desde a época em que este também havia trabalhado na ferrovia. Na verdade, contudo, Lörincke tinha inveja de Tóth.

A inveja dele duplicou depois que ficou com toda a parte superior do corpo (exceto o braço esquerdo) engessada em consequência de um acidente durante as manobras e a pele coçava o tempo todo. A coceira é má conselheira. Lörincke já havia despertado desconfiança ao meio-dia, durante a chegada do major, quando fechou as venezianas de sua casa de maneira ostensiva. Agora, no entanto, ele também havia aparecido, trazendo uma garrafa de vinho branco barato, na esperança, talvez, de encontrar o hóspede acordado, tomar algumas doses com ele, tornar-se seu amigo e, quem sabe, conseguir atraí-lo para a sua própria casa. Entretanto, ele nem conseguiu passar do umbral da porta, onde precisou parar. Dali pôde observar o major, embora daquele ângulo apenas a planta descalça do pé direito aparecesse. Lörincke, no entanto, fez de conta que também estava encantado com essa visão:

— Mas que pezinho jeitoso que ele tem! — observou.

— É um pé bastante distinto — corrigiu Tóth, muito desconfiado.

— Mas eu não disse que não era distinto — sussurrou o vizinho invejoso.

— Parece que você o menosprezou.

— Imagine só se eu o menosprezei! — protestava o vizinho, cuja má índole já começava a despertar. — Apenas fiquei admirado, vendo que um pé humano pode ser assim também.

— Assim, como?

— Eu não disse nada — fingiu o ferroviário. — Trata-se de um pé perfeitamente normal e saudável.

— É bom você não ficar aí gastando saliva! — admoestava Tóth, enquanto fechava a porta, silencioso. — Todos os majores têm pés assim!

O ferrão, no entanto, havia penetrado em Tóth. Ele retornou, esgueirou-se para dentro do quarto, e observava a planta do pé do major como se nem estivesse diante de uma parte do corpo humano... Mas o que seria? Quem sabe, a parte do corpo de um lagarto ou de um outro réptil, ou de um ser com o qual ele jamais havia tido contato... Fechou a porta depressa, deitou-se sobre a espreguiçadeira, onde, por sorte, foi apanhado pelo sono.

Quando o major acordou, Mariska já havia lavado, secado e passado o uniforme dele; havia lustrado os botões e as divisas. Ágika, por sua vez, limpou-lhe o quanto pôde as botas com hálito, saliva e um pano macio, exatamente como as éguas costumam lamber a cria. Isso levou horas, mas as botas surradas, de couro rachado, voltaram a brilhar sobre os pés do major quando ele reapresentou-se diante da família.

Ele parecia sombrio.

— Quando vocês matam um porco para fazer linguiça, é preciso moer a carne? — perguntou.

— Sim, é preciso — responderam os Tóths.

— Sonhei que os guerrilheiros haviam me raptado. Senti que eles estavam me moendo, e também senti que eu estalava entre os dentes deles.

— Santo Deus! — apavorou-se Mariska. — Não me diga que eles também estavam torrando o prezado senhor major!

— Essa era a pior parte! — disse o major. — Quer dizer, tirando isto, dormi bastante bem.

Podia-se ver, aliás. Não era apenas o traje que estava mais bem apanhado; o dono do traje estava mais calmo. O cansaço havia desaparecido de sua face; a voz ecoava clara, metálica. Ele comeu com apetite: guisado, frango e compota. Depois do jantar, o seu humor também melhorou e desejou ver os arredores da casa da família Tóth.

A família ficou bastante alegre quando o hóspede se admirou diante do cume arborizado do monte Bábony e do vale aprazível de Bartalapos. Ele elogiou a limpeza da casinha, o cuidado com que o jardim era tratado, e o aroma de pinho que inundava os cômodos. Por sinal, o aroma de pinho sensibilizou-o demais.

— Cara família Tóth — disse, assim que retornaram à varanda envidraçada. — Estou muito contente por ter aceito o vosso convite. Depois de servir na frente de batalha que fedia o tempo todo, durante nove meses, sinto-me como se tivesse renascido.

Ergueu o copo e esvaziou-o à saúde de Gyula Tóth, que se encontrava distante. Agora era a vez da família Tóth sensibilizar-se.

— Nós também estamos muito contentes — disse Mariska, com voz embargada —, porque o senhor aceitou o nosso convite. Contudo, quando lhe formulamos o convite, sequer ousávamos sonhar que o nosso filho tivesse um comandante tão cheio de bondade.

— Vocês não precisam preocupar-se com ele — declarou o major. — Prometo-lhes que, chegada a estação fria do ano, deverei designá-lo para ficar junto de mim, no comando aquecido do batalhão. Ali ele estará a salvo não apenas do frio, mas também sua vida não sofrerá qualquer ameaça.

Meneou a cabeça amistosamente e retirou-se para o seu quarto.

A família Tóth ficou emudecida. O nervosismo de longas semanas, o cansaço pesado dos preparativos e a permanente preocupação com Gyula agora, finalmente, trouxeram a lume alguma coisa, que, ao mesmo tempo, era o broto, a flor e o fruto.

— Está vendo, está vendo, meu querido e bom Lajos? — suspirou Mariska. — Um pouco de boa vontade opera maravilhas.

Escurecia. Mariska aconchegou-se junto ao marido e arrastou Ágika também. Permaneceram assim durante alguns instantes felizes: a noite estrelada de agosto refletia-se sobre a cabeça deles enquanto o Monte Bábony, como um gigantesco pulmão verde, bafejava-os com um hálito noturno fresco. Podiam-se ouvir do quarto os passos vagarosos e calmos do major. Eles estavam contentes pelo fato de o oficial estar ali, perto deles: afinal, ele serviu-se duas vezes de frango, apreciava o excelente aroma de pinho... Gyula, Gyula, tomara que você possa lucrar com isso! Tomara que a calefação do comando do batalhão seja suficiente. Tomara que os guerrilheiros não ousem chegar até lá. Gyula, Gyula, que nada te aconteça! Gyula, Gyula, que você não se resfrie!

Permaneceram assim durante uns quinze minutos, em silêncio completo, acreditando que o hóspede havia se deitado para dormir. As emoções daquele dia haviam-nos esgotado também. Mariska já se preparava para dormir quando Tóth se lembrou de fumar um charuto.

Foi buscá-lo; acendeu-o. Aspirava a fumaça com prazer. Ele apreciava os pequenos prazeres da vida: aquele frescor noturno, o conforto da cadeira de braços, o sabor adstringente do charuto. Quando esses sentimentos agradáveis se juntavam, Lajos gostava de gemer e espreguiçar-se. Quase sempre recordava-se da figura da mãe, nessas ocasiões. Agora também estalou bem as articulações e deu um gemido:

— Oh! mamãe, mamãe, minha pobre mãezinha, por que você nos abandonou?

Esta foi a última vez que ele pôde espreguiçar-se e gemer nas duas semanas que se seguiriam, porque a porta se abriu de imediato e o major apareceu ali:

— Qual é o problema? — indagou sobressaltado. — Alguém está ferido?

— Não há problema algum — disse Tóth, sossegando o hóspede com certo acanhamento.

— Parece que ouvi gemidos.

— Era eu — disse Tóth.

E começou a explicar, com sorriso desajeitado, que ele tinha o hábito de espreguiçar-se. Inclusive gostava de soltar gemidos, enquanto se espreguiçava. Mas isso não tinha significado algum. Ele costumava soltar gemidos quando se sentia bem.

— Fico deveras contente com isso — disse o major.

Olhou Tóth de alto a baixo, e retornou ao quarto. A família permaneceu ali, no entanto. Devido à surpresa, não sabiam o que deveriam fazer, mas tampouco poderiam fazer coisa alguma, porque o major reapareceu. Andou em volta de Tóth umas duas vezes e, afinal, indagou:

— Bem, e o que há de novo?

— Nada de excepcional, prezado e respeitável senhor major.

— O senhor ainda se sente bem?

— Não tenho motivo para queixas — disse Tóth.

— E por que o senhor se sente tão bem?

— Como assim? — observou Tóth, pensativo. — Por nada, ora.

O major mediu-o, cuidadosamente, de alto a baixo. Isso deixou Lajos constrangido; agora, ele apenas ousava dar pequenas tragadas no charuto, até que o hóspede tivesse retornado ao quarto. Mas, em seguida, este reapareceu e tornou a encarar Tóth:

— Aconteceu algo?

— Não, não aconteceu nada.

— Bem, mas o seu charuto continua aceso.

— Sim, é verdade — confessou Tóth. — Bem, já o apaguei.

— Afinal de contas, o que o senhor está fazendo aqui na varanda?

— Tomando um arzinho.

— E nada mais?

— Nada mais, com certeza — reconheceu Tóth, depois de pensar um pouco.

Não foi sequer possível saber se a explicação havia deixado o hóspede satisfeito. O fato é que o major caminhava, agora, com passos mais rápidos pelo quarto. E reapareceu mais depressa do que antes.

— Diga, Tóth — dirigiu-se ao anfitrião, que estremeceu. — O senhor não tem vontade de jogar uma partida de xadrez?

— Lamento muito, senhor major. Não sei jogar.

— Que tal, então, um jogo de baralho?
— Não conheço as cartas — lamentou-se Tóth.
— Então, joguemos dominó.
Agora, Lajos continha até a respiração.
— A questão é que eu não conheço qualquer jogo de salão — explicou.
Agora o major retornou ao quarto com ar indisposto mal disfarçado. Sequer podiam ouvir-lhe os passos. Não ecoava um único som no quarto, o que deixava a família Tóth bastante preocupada. Nem se moviam mais, como se o silêncio do quarto os tivesse encantado. Evitavam até trocar olhares.

Desta feita, a porta abriu-se após longos minutos. Tóth tentou afastar-se com cadeira e tudo, porque o hóspede se plantou diante dele e o fitava com olhar penetrante:

— Prezado Tóth — dizia —, espero não o estar embaraçando.

— Em absoluto — respondeu Tóth.

— Então, falemos abertamente. O senhor não está sentindo a falta de alguma coisa?

Tóth ficou pensativo.

— Olhe, sinto falta apenas daquela minha piteira de ginjeira. Mas deverei fazer uma outra.

— Não estou pensando em termos materiais. Estava me referindo às consequências nefastas da falta de atividade.

Tóth ficou confuso. Encarou a esposa, como se esperasse dela a explicação. Ela, no entanto, devolveu-lhe um olhar de expectativa.

— Vejo que os senhores não estão compreendendo — constatou o major Varró. — Vejam: num quarto escuro, até o menor ruído ecoa multiplicado. Portanto, a falta de atividade atua sobre o organismo do mesmo modo que a escuridão sobre a audição; fortalece os ruídos internos; turva o campo de visão; provoca pulsações no cérebro. Quando os meus soldados nada têm para fazer, ordeno-lhes que arranquem todos os botões de suas calças e os costurem novamente. Isso tranquiliza-os por completo. Espero que estejam entendendo o que quero dizer.

O casal Tóth trocou olhares mais perplexos do que antes. Após uma visível hesitação, Mariska observou:

— Se os botões do prezadíssimo major caíram, terei o maior prazer em costurá-los.

— Os senhores estão interpretando as minhas palavras de modo completamente errôneo — gesticulou o major com insatisfação. — Digam-me, ao menos, se os senhores têm em casa um pedaço de barbante de cânhamo bastante emaranhado.

— Com certeza, temos — aliviou-se Mariska. — Mas por que o prezado senhor major precisa disso?

— Porque desejo desemaranhá-lo! — disse o hóspede, nervosamente. — Eu não consigo viver na ociosidade, como os senhores.

— Mas por que o senhor não disse nada antes? — gritou Ágika com sua voz sonora, ela, que conseguiu compreender a situação — e não foi a primeira vez — muito melhor do que os adultos. — Na verdade, nós duas, a mamãe e eu, jamais ficamos sentadas de braços cruzados.

— E fazem o quê?

— Ao entardecer, como agora, quando não temos nada mais para fazer, costumamos dobrar caixas.

Os olhos do major cintilaram.

— Caixas? — repetiu. — Muito interessante! — bradou. — Mas de que espécie de caixas estão falando?

* * *

A produção da fábrica de bandagens que funcionava em Eger multiplicou-se em consequência dos eventos da guerra. Contudo, ela possuía apenas uma máquina automática para fabricar caixas: não havia embalagem suficiente para as inúmeras ataduras, faixas de gaze e algodão. Foi assim que um grande número de pessoas comuns — até mesmo os meio judeus — obteve um trabalho caseiro leve.

A família Tóth recebia da fábrica de bandagens as folhas de cartão, que Mariska cortava segundo os moldes indicavam. E Ágika os dobrava. O dono da casa ficava, nessas ocasiões, sentado, fumando charuto, e observava-as, sorrindo de modo delicado. Se demoravam muito, ele chegava a cochilar e Mariska, então, tomava cuidado para não bater forte com a guilhotina. Aliás, a guilhotina tomou este nome em função do fato de que os encadernadores cortavam a borda das páginas com instrumento semelhante. Mas, a bem da verdade, foi Tóth quem acabou fabricando grosseiramente a ferramenta, com algumas tábuas e uma faca velha de cozinha, para que Mariska pudesse cortar, com facilidade, as cartolinas em forma de caixa.

Sequer lhes passava pela cabeça que o próprio Tóth participasse da tarefa; dificilmente seria compatível com a dignidade do comandante dos bombeiros da comunidade uma perda de tempo assim, destinada às mãos femininas.

* * *

O major Varró, contudo, não tinha receio de perder a autoridade.

Fitava com gosto as grandes folhas de cartolina que estalavam. Observava, nervoso, a fixação da guilhotina à mesa. E quando começaram a dobrar as caixas, ficou tão entusiasmado que logo puxou uma cadeira também. Desconsiderou com um gesto os protestos educados dos anfitriões e passou a dobrar as caixas com dedicação e agilidade dignas de inveja. Mais tarde, depois de um pouco de exercício, aprendeu também o manejo da guilhotina.

— Que mãos abençoadas tem o senhor! — pasmou-se Mariska.

— Ele produz mais sozinho do que nós duas juntas! — observou Ágika.

Teria o major ouvido isto? Não chegou a ouvir? Ele nem piscava; apenas as mãos trabalhavam, como se não lhe fosse permitido desperdiçar um único movimento. Todos se calaram e trabalharam. Mas quando aprontaram uma boa quantidade de caixas, o major fitou Tóth:

— E o caro senhor Tóth? — interessou-se. — O senhor não se junta a nós?

— Eu? — surpreendeu-se Tóth, que esboçou um sorriso. As mulheres riram diante desse pensamento disparatado. O major, no entanto, nem ria, nem sorria; começou, isso sim, a incitar o anfitrião para que experimentasse fazer ao menos uma caixa.

Tóth acabou cedendo pouco tempo depois. Mas aquele objeto disforme, que ele dobrou, todo desajeitado, não se parecia com uma caixa e logo se desmontou em suas mãos. Afinal, tinha as mãos do tamanho de uma frigideira.

— Ora, isto não é para mim — disse, sorridente.

— Por que não?

— Sou desajeitado com as mãos.

— Tampouco eu tenho muito jeito — disse o major. — Apesar disso, consigo dobrar de algum modo.

A gente, às vezes (num estado de excitação), acaba dizendo coisa completamente diversa daquela que pretendia dizer. Tóth, entretanto, estava muito calmo. E não somente agora, mas muitas semanas mais tarde também, era capaz de jurar que deu a seguinte resposta — aliás, quase submissa, esmerada — às palavras do major:

— Mas o mui prezado senhor major até que faz muito bem!

Estas palavras, contudo, obtiveram uma reação inesperada.

Primeiro, o major Varró esbugalhou os olhos para Tóth. A seguir, empalideceu. Os olhos contraíram-se. Deixou a caixa cair das mãos. Levantou-se de um salto, encolerizado, e berrou para Tóth:

— Exijo que o senhor repita o que acabou de dizer!

— Disse — repetiu Tóth — que o mui prezado senhor major faz muito bem!

— Então, ouviram só? — voltou-se o major para as duas mulheres. Depois, ruborizado pela revolta, dirigiu-se a Tóth com raiva: — E com que direito o senhor ousa chamar-me de "mijor"? Eu sou um major, e devo adverti-lo de que, na frente de batalha, uma ofensa destas é punida com o fuzilamento!

Fez-se silêncio. Um silêncio indescritível. Silêncio semelhante só pode existir dentro da tumba em que foi enterrado um surdo-mudo. Ninguém ousava abrir a boca, consciente de que qualquer palavra poderia tornar mais irremediável a situação que já havia se tornado complexa.

A bem da verdade, não era somente o major quem estava ofendido (de pleno direito) porque o haviam chamado de "mijor". Tóth estava ofendido (com todo o direito, também), porque acreditava, piamente, que havia dito "major". Humilhação profunda, quando distorcem palavras ditas assim, com a melhor das intenções.

Mariska também estava perturbada. Ela havia escutado "major", de fato. Nem poderia ser diferente, em se tratando de uma mulher que respeita, honra e ama o esposo. Contudo, Mariska respeitava o major também... Por isso, ficou ali, sentada, fitando assustada ora um, ora outro.

E Ágika? Ela só tinha olhos para o pai, e as suas faces rosadas ficaram um grau mais coradas. De fato, Ágika não havia escutado nem "mijor", nem "major". Ágika havia entendido que o pai intitulara o major de "cabeça de bagre". Algo não estava certo.

Diante dos erros dos pais, a natureza inocula o ferrão da ironia nos filhos. Ágika, no entanto, é uma exceção; uma em um milhão. Ela, embora tenha ouvido "cabeça de bagre", preferia não acreditar nos próprios ouvidos. Antes isto do que condenar o pai, a quem amava com verdadeiro fervor. Claro, chegou mesmo a levantar-se e disse com uma voz mais fina do que um fio de linha:

— Tenha a bondade de não dizer uma coisa destas! Meu pai jamais pronunciaria uma palavra tão repugnante!

— É isso mesmo! — aproveitou-se Mariska. — Só pode ter havido um mal-entendido. Meu marido jamais chegou a magoar qualquer pessoa. Não é mesmo, meu querido Lajos?

— Nunca! — disse Tóth, que se comoveu com o mal-entendido. — Uma vez, uma única vez, aconteceu de eu confundir a esposa do professor Cipriani com um espantalho. E, com total falta de educação, cheguei a virar-lhe as costas. Mas isso foi um engano. Mas ao major, eu não poderia magoar nem por engano!

O major ficou sem jeito.

— Pode ser que eu tenha entendido mal — disse, depois. — Mas eu não gostaria que isto tornasse a repetir-se.

A família Tóth respirou aliviada. Juravam que isso não haveria de repetir-se. O major tranquilizou-se.

— Vamos esquecer tudo isso, meu caro Tóth — observou, generoso. — E vamos voltar às caixas. Cada minuto é precioso.

Sentaram-se. Tóth também. O mesmo Tóth que, há pouco, encarava aquele trabalho com desdém, como coisa à toa, própria de mulheres, agora se rejubilava porque podia fazer caixas... Mas ninguém o havia chamado; apenas acabaram cedendo-lhe um espaço. Claro, por mais que se esforçasse, conseguia apenas produzir caixas tortas, destrambelhadas. Entretanto, nem isso chegaram a censurar-lhe; o máximo que acontecia era sorrirem uns para os outros, de modo indulgente.

A paz estava restabelecida. Durante longos quinze minutos, ninguém disse uma palavra. Ouvia-se apenas o ruído da guilhotina.

Mais tarde, um hálito refrescante soprou das montanhas. Defronte, nos descampados do monte Bábony, as fogueiras dos coletores de resina brilhavam. Mas a família Tóth não conseguia enxergar nem isso. Cortavam e dobravam as caixas, esquecidos de todo o resto. Uma hora depois, o major interessou-se educadamente:

— Não estão com sono, por acaso?

Tóth, que já estava com os olhos grudados, tranquilizou o major: nem lhe passava pela cabeça ir deitar-se.

E prosseguiam com as caixas. Algum tempo depois, o major reiterou a sua pergunta anterior. A família Tóth, em uníssono, assegurava que não tinha sono.

Quando o major formulou a pergunta pela terceira vez, Mariska, cujo olho esquerdo começava a coçar fortemente, respondeu que, se o senhor major desejasse descansar, então eles também estariam dispostos a encerrar as atividades.

— Não desejo descansar, de modo algum! — disse o major. — Infelizmente, durmo muito mal.

— Com esse ar forte da montanha, até os nossos hóspedes que sofrem de insônia acabam ficando com sono — observou Tóth.

— A mim, nem isso ajuda — argumentou o major Varró. — Por mim, eu ficaria dobrando caixas até o amanhecer.

Uma caixa acabava de ser esmagada entre as mãos de Tóth, habituado a recolher-se cedo. Os traços de sua fisionomia haviam ficado desordenados pelo cansaço. Fitava o major com expressão assustada. Mariska, então, chutou-lhe as canelas e Tóth — com grande esforço — respondeu-lhe com um sorriso.

— Bom, na verdade, só estou começando a pegar o jeito agora — disse.

E prosseguiram com as caixas.

* * *

Cartão-postal vindo da frente de batalha

Queridos pais e querida Ágika. Estamos aqui em Kursk. Estou escrevendo de modo apressado, porque estamos indo tomar banho agora e, em seguida, devemos regressar. Gostaria de lembrar a vocês todos, queridos, de passagem, que não se devem esquecer de arrumar diversão noturna para o nosso hóspede. Em função do estado abalado de seus nervos, ele não dorme durante a noite, mas de dia. Quando começa a escurecer, e o perigo de um ataque de guerrilheiros é mais intenso, ele deseja ter companhia. Assim, costumamos afugentar-lhe o tédio jogando baralho ou outro jogo qualquer. Nessa hora, ele não aprecia que alguém deseje dormir. Aliás, pelo contrário: o menor sinal de sono deixa-o irado. Peço-lhes que pensem em mim e procurem atender-lhe os desejos.

(O cartão chegou com atraso)

* * *

À 1h15 da manhã, Lajos Tóth deu um bocejo. Ele havia bocejado antes também, sem que o fato tivesse tido qualquer consequência. Agora, no entanto, ficou estarrecido com o silêncio que se seguiu ao bocejo. Claro, até esse momento também havia silêncio. Mas, exatamente agora, dentro desse silêncio todo, Tóth estava envolvido por uma bolha gelada: todos o fitavam. Ele próprio teria gostado de dar uma espiada em si, mas isso era impossível.

O major, que estava entretido com a guilhotina, manifestou-se, finalmente:

— E o que houve?

— Bocejei — confessou Tóth.

Novo silêncio. Todos olhavam para ele. Ninguém lhe dizia que ele não deveria ter bocejado. Tóth, no entanto, já sabia que havia cometido um erro.

— O culpado sou eu — disse o major após certo tempo, mais triste do que ofendido. — Pensei que este trabalho agradasse a vocês também.

— Mas, na verdade, eu nem tenho sono — defendeu-se Tóth.

— Então por que o senhor bocejou?

— Olhe, em mim o bocejo não é sinal de sono — explicou Tóth.

— Vai me dizer que o senhor está se sentindo bem agora também? — indagou o hóspede, irritado. — Vai ver que o senhor bocejou porque está se sentindo bem...

— Sim, claro — disse Tóth.

— É, ele é assim mesmo — sustentou Mariska.

Não era fácil convencer o major.

— Diga, francamente: o que o senhor gostaria de fazer? — perguntou o major.

— Fazer caixas, claro! — declarou Tóth, numa voz que não tolerava discordância.

— Já que o senhor insiste tanto, vamos continuar — concordou o hóspede.

E eles continuaram a cortar papelão e a fazer caixas. As estrelas perdiam o seu brilho devagar e as fogueiras dos apanhadores de resina iam fenecendo sobre as cinzas, nas encostas do Monte Bábony.

— Já é tarde — constatou o major. — Nem agora o senhor quer deitar-se?

— Eu? Eu não — disse Mariska.

— Nem eu — disse Ágika, em voz ágil.

Tampouco Tóth protestou. Ouviu-se apenas uma voz de gargarejo, porque nem a sua língua se mexia mais. E continuaram a fazer caixas.

Não havia o menor sinal de cansaço no major Varró. As mãos de Ágika também trabalhavam de modo esperto, porque as jovens dessa idade preferem jamais ir dormir. Os membros de Mariska estavam entorpecidos; ela já nem sentia a perna. A mão, no entanto, por sorte ainda se mostrava obediente. A situação pior era a de Tóth. A cabeça zumbia-lhe. Os seus órgãos sensoriais haviam deixado de trabalhar. Estava com alucinações. Em determinado momento, inclinou-se para a frente, porque tivera a sensação de que um trem expresso passara pela varanda. De suas mãos não saíam mais caixas, mas bolotas amarrotadas de papelão.

Um galo cantou. Tóth nem chegou a ouvi-lo. A madrugada se iluminava e a escuridão começava a esbranquecer aqui e ali. Nem isso ele percebeu. O major Varró, contudo, largou o trabalho de repente.

— Amanheceu. Vamos deitar-nos — disse.

Todos levantaram-se. Somente Tóth continuava sentado. Amassou mecanicamente as caixas prontas.

— Um passatempo deveras agradável — disse o major.

— Nós também nos sentimos muito bem — sorria Mariska.

— Espero podermos continuar amanhã.

— Sem falta — afirmou Mariska.

— Tenham bons sonhos — despediu-se o hóspede.

— Boa noite — cumprimentou Mariska, engasgando, como se não conseguisse encontrar a língua dentro da boca.

O hóspede entrou em seu quarto. A família Tóth, contudo, ficou ali, porque nem lhes ocorria qualquer outra ideia. Não lhes ocorria, aliás, ideia alguma. A cabeça de Tóth caiu devagar, mas ele se esqueceu de fechar os olhos; olhava para frente, com os olhos vazios e vidrados, como os de um peixe cozido dentro da sopa. Em seguida, desabou sobre a mesa e começou a roncar.

A duras penas, Mariska e Ágika conseguiram arrancá-lo da cadeira. Aquele corpo gigantesco balançava de um lado para outro entre as duas; depois, caiu na cama como um poste que tomba.

O dia estava nascendo.

Capítulo 3

A família Tóth tinha um livro de recordações encapado de vermelho, guardado com zelo. Ali, os hóspedes que alugavam quartos na casa deles costumavam escrever os seus agradecimentos. Eis algumas anotações:

"A insônia e a falta de apetite, que me acometeram desde o falecimento de meu bom e finado marido, desapareceram, como num passe de mágica, em consequência desse ar de montanha."
Viúva de Gusztáv Morvai

"Esta casa é uma ilha de silêncio, onde os que detestam o barulho podem descansar."
Aladár Filatori
Tocador de tímpano da Ópera

"Enquanto a Nação trava a sua luta de vida ou morte com o terror do bolchevismo vermelho, a comida feita à base de manteiga, nesta casa, revigorou-me as forças para continuar com o sofrimento!"

Ferenc Kászonyi
Compagnie Internationale des Wagons Lits
Condutor de trem

"Röslein, Röslein, Röslein rot
Röslein auf der Heiden"[1]

Károly G. Hammermann
Matadouro de suínos

Depois da noite estafante, Tóth teria preferido passar o dia dormindo. A vida, contudo, não para nem mesmo para atender a um major. Tóth precisava redigir seu relatório de defesa contra incêndios, trazer água do poço artesiano, inspecionar a comunidade inteira, cortar lenha na casa do pároco, passar uma demão de cal na quadra de tênis do professor Cipriani, e assim por diante. Ágika foi trazer leite, fazer compras, alimentar as aves. Mariska, por sua vez, além de precisar cuidar do prezado hóspede, ainda devia lavar roupa na residência do professor, esfregar o piso na casa do reverendo Tomaji — bem, isto para mencionar apenas as suas tarefas diárias mais importantes.

Além disso, a agenda da família Tóth havia ficado de cabeça para baixo desde a chegada do major Varró. Uma vez que o hóspede acordava à tarde, eles tomavam sua refeição matinal na hora do almoço. Ao antigo almoço, agora prefeririam designar jantar, e ao jantar de agora, não chamavam coisa alguma, porque, antigamente, àquela hora, eles costumavam estar dormindo o sono dos justos.

Portanto, Tóth, em sua primeira manhã, depois de um

---

[1] Versos do poema "Heidenröslein", de Goethe: "Rosa, rosa, rosa vermelha,/ Rosa na charneca". (N. do T.)

sono de hora e meia, após ter sido chamado e chacoalhado por diversas vezes, encontrava-se desanimado e alquebrado, de corpo e alma. Deixou as lembranças do primeiro dia escorrerem e, imaginando os dias seguintes, lamentou-se:

— Mariska, acho que isto não vai acabar bem!

A mulher serviu-lhe uma xícara de leite morno e, para consolá-lo, enfiou-lhe nas mãos o livro de capa vermelha. Lembrou o péssimo estado de nervos com que Károly G. Hammermann, a viúva de Morvai e os demais haviam chegado a Mátraszentanna, mas que, devido aos arredores benfazejos, se restabeleceram depressa. Isso para não falar de Frigyes Host, um artista idoso que, durante o ano, restaurava os afrescos da basílica; a ação contraditória dos espaços da cúpula da igreja e dos afrescos havia atordoado tanto a cabeça dele que ele perdeu o equilíbrio por completo. Quando chegou à casa da família Tóth, Host acreditava que a terra que estava debaixo de seus pés era uma ladeira infindável, e ele só conseguia atravessar o próprio quarto agarrado a um cordão amarrado ao trinco da porta. Mas o bom ar da montanha agiu sobre ele também!

Ele escreveu o seguinte no livro de recordações:

"Sem cordão algum, retiro-me deste lugar maravilhoso em excelente estado de ânimo!"

Que estado grave, o do pintor, raciocinava Mariska. E ele chegou a Mátraszentanna vindo diretamente da cúpula da basílica. O major, no entanto, havia chegado da frente de batalha. Não se pode desistir: ainda que devagar, a saúde dele também deverá ser restabelecida... Tóth não acreditava muito nesta melhora...

— Está bem, está bem — rosnava. — Mas, e o que vai acontecer se, todas as noites, ele quiser ficar fazendo caixas? Mariska, não se pode viver sem dormir!

Que eles haveriam de ficar fazendo caixas, todas as noites, Tóth suspeitara de maneira correta. Ele não havia levado em conta, no entanto, a capacidade de adaptação da natureza humana. Claro, o ideal é que a pessoa durma oito horas seguidas. Mas, dez ou quinze minutos de cochilo, assim, às escondidas, podem ter efeito quase idêntico. Portanto, eles chegaram à conclusão de que seria possível tirar uma soneca na mercearia, enquanto o dono enchia a garrafa de soda, ou enquanto regavam as famosas tulipas do professor Cipriani, ou enquanto a sopa quente não esfriava, ou até que a água do café estivesse fervendo. Mais ainda: seria possível dormir um pouco debaixo da mesa também, durante um átimo, se alguma coisa caísse sob a mesa. Mais tarde, ficou evidente que nem era preciso extenuar-se com o trabalho de dobragem das caixas.

A partir da segunda noite, o hóspede, para grande alegria da família Tóth, passou a dedicar-se, inteiramente, ao manuseio da guilhotina. Uma vez que ele precisava fazer oito cortes em cada folha de cartolina, o major era incapaz de acompanhar o ritmo dos dobradores de caixas: eram três contra um. Ele sequer levantava os olhos enquanto trabalhava, mas o empenho era em vão. A família Tóth, aos poucos, conseguia respirar.

No começo, eles descansavam as mãos durante um curto espaço de tempo. Depois, passaram a fechar os olhos, respirando pelo nariz, o que se revelou bastante tranquilizador. O major nem via nem ouvia e, assim, a família Tóth se encheu de coragem. Por fim, colocaram uma cadeira de descanso entre as tuias do jardim, e faziam suas meditações ali, com revezamento inteligente.

— Perdão, desculpe — dizia um deles, como se estivessem cuidando de seus afazeres. E cochilavam uns quinze minutos no frescor do jardim.

Enquanto isso, o major Varró ajeitava as folhas de cartolina debaixo da guilhotina, levantava a alavanca, e cortava, cortava, cortava. Nem chegou a perceber coisa alguma quando, no terceiro dia, a família Tóth ia saindo aos pares, porque, ao regressarem, davam conta do atraso com facilidade. Parece, contudo, que o major acabou suspeitando de alguma coisa, porque, certa feita, quando os três estavam sentados à mesa e Tóth se mostrou muito distraído, Varró interrompeu o trabalho, de repente:

— Mas o que houve? — indagou.
— Nada de extraordinário — disse Tóth.
— Então, o que é que o senhor está olhando?
— É que entrou uma borboleta.
— Que borboleta?
— Uma borboleta com uma mancha amarela e três vermelhas — comunicou Tóth.
— E o senhor se ocupa dessas coisas, meu caro Tóth?
— Eu apenas olhei para lá — disse Tóth.
— Apenas olhou para lá! — repetiu, irritado, o major.
— Mas, enquanto isso, ficou pensando: como seria bom apanhar e matar a borboleta!

Tóth ficou estarrecido.

— Por que é que o respeitável senhor major pensa isto?
— Foi ou não foi isso o que aconteceu? — indagou o major.
— Quer dizer, esse pensamento passou, assim, pela minha cabeça — reconheceu Tóth.
— Bem que eu suspeitava! — gritou o major.

Ele começou a andar, fitando Tóth, que abaixou a cabeça, encolheu o pescoço, embora não tivesse a mínima ideia do que havia feito. Mas o hóspede explicou logo o que Tóth havia feito:

— Vejam, meus caros — observou com raiva contida. — Sou-lhes imensamente grato pela hospitalidade, mas isto não pode continuar mais assim! Se vocês ficam pensando, o tempo todo, numa outra coisa, então aquilo que estamos fazendo aqui é puro desperdício de tempo.

Silêncio absoluto. Tóth já sabia que havia cometido um grande equívoco. Não fazia a mínima ideia, no entanto, de como poderia consertar as coisas.

— Dou inteira razão ao respeitável senhor major — observou, subserviente. — Creio, porém, que não se pode impedir que algo passe pela cabeça da gente...

— Claro que se pode! O cão é um animal de quatro patas. Nem por isso ele tem ímpetos de andar em quatro direções diferentes. Ou vai me dizer que o senhor já viu algum cachorro que andasse em quatro direções diferentes?

Tóth, depois de refletir um pouco, reconheceu que jamais havia visto um cachorro daqueles.

— A família de meu irmão mais jovem está ofendida comigo, porque não estou passando a minha folga com eles. Se o senhor desejar que eu fique aqui, esforce-se para que isso não se repita mais!

Tóth declarou que estava disposto a fazer qualquer sacrifício, mas, ainda assim, não sabia, exatamente, o que deveria fazer.

— Parece que nos entendemos com certa dificuldade — observou o major com um tom de aborrecimento. — Dar-lhe-ei um exemplo: a alimentação. O senhor costuma alimentar-se, não é mesmo?

Tóth disse que sim.

— Certo. E no que consiste a alimentação? É o ato de comer, mastigar; salivação e deglutição. Um processo contínuo e ininterrupto. Darei outro exemplo, para que possa ser compreendido. O senhor conhece o nosso hino, meu caro Tóth?

Tóth disse que conhecia.

— O senhor seria capaz de recitar o primeiro verso?

— Deus, abençoa os húngaros — disse Tóth.

— Correto! — concordou o major. — O senhor se lembrou de alguma coisa?

Tóth disse que não havia se lembrado de coisa alguma.

— Era exatamente isto que eu desejava demonstrar-lhe. Espero que a coisa esteja clara, agora.

Tóth declarou que muitas coisas haviam se tornado absolutamente claras para ele, mas determinadas partes continuavam obscuras.

— Criemos a luz, então! — declarou o major.

Citou como exemplo o seu próprio batalhão. Ali, ele havia percebido que a indolência temporária é muito mais perigosa do que a indolência absoluta. Aqueles que não fazem coisa alguma são capazes, ao menos, de organizar o próprio raciocínio. Mas se alguém, às vezes, se ocupa de alguma coisa, outras vezes, não, torna-se, nos intervalos, objeto de seu próprio pensamento. Foi isso o que aconteceu com Tóth e com a borboleta malhada.

— Entenderam até aqui o curso de meu raciocínio? — informou-se o hóspede.

Ágika disse que sim. Tóth disse: quase. Mariska não disse coisa alguma; apenas suspirou. Oh Gyula!

— Simplificarei o problema — disse o major Varró, com verdadeira paciência inesgotável. — O senhor, meu caro Tóth, pode, tranquilamente, deixar de prestar atenção a este arrazoado teórico. Sua tarefa consiste, tão somente, em preencher as lacunas existentes durante a tarefa de dobrar as caixas. Creio que isso não representa uma dificuldade suplementar. Creio que o senhor já tenha uma proposta também, meu caro Tóth.

Um curto silêncio. Tóth ficou petrificado. Mariska virou-se para o lado, porque havia lágrimas em seus olhos. O pânico tomou conta do casal. Mas não foi isso o que aconteceu com o membro mais jovem da família.

— Mas isso é muito simples mesmo! — exultou com sua

vozinha jovial e crescente. — Na minha opinião, esta guilhotina é pequena, e é por isso que o senhor major não consegue alcançar-nos!

— Bravo! — observou o major, elogioso. — A sua filhinha tem um cérebro de ouro. O resto, meu caro Tóth, é brincadeira de criança!

Amanhecia, enquanto isso. O major desejou boa-noite, e foi deitar-se. Segundo a crença geral, os ferroviários e os bombeiros são capazes de dormir a qualquer hora. Tóth, contudo, mal conseguiu pregar o olho nesta noite. Pela manhã, acordou angustiado e martirizou-se durante a manhã inteira. A cabeça fervia-lhe; cismava, tentava pensar sentado, em pé, em diagonal. Mas, quando o major acordou e colocou-se diante dele, em posição de espera, somente conseguiu dizer-lhe o seguinte:

— Infelizmente, até agora, respeitável senhor major, não consegui pensar em nada.

— Não tem importância! — estimulou-o o major. — O que tarda, não falha.

E o major tranquilizou Tóth, até certo ponto. Sentaram-se à mesa para a refeição matinal (denominação anterior: almoço). Mariska havia feito um bolo. Talvez isso também tenha ajudado o funcionamento do cérebro. Lá pelo final da refeição, Tóth levantou-se, inesperadamente, e, com voz trêmula, declarou o seguinte:

— Por favor, senhor major, creio que pensei uma coisa.

— Receba os meus votos sinceros de êxito — alegrou-se o major. — E o que seria essa coisa?

Tóth franziu o cenho. Tornou a sentar-se.

— Infelizmente, não me lembrei daquilo que desejava, mas de uma coisa totalmente diferente.

O major não se mostrava impaciente. Ao contrário: tratava Tóth com delicadeza incomum. Não deixou que lhe dirigissem a palavra. Pediu a Mariska que lhe servisse um café forte. Aconselhou-o a acender um charuto, dos fortes. Tóth tomou o café, acendeu o charuto. Após quinze minutos, tornou a manifestar-se:

— Agora, agora, agora... É como se os contornos de uma coisa começassem a esboçar-se...

— Eu sabia! — disse o major, batendo nas costas de Tóth.

Não havia precedente para isso: o major dar tapinhas nas costas dele! Tóth ficou confuso e, com expressão amedrontada, comunicou que, enquanto o major lhe batia nas costas, o que ele desejava dizer acabou desaparecendo de sua cabeça. Isto também foi recebido com naturalidade. Agora, o major estava perdoando tudo; tratava-o como a mãe tratava ao filho. Em vez de "senhor Tóth" chamava-o de "meu caro Tóth". Apesar disso, não conseguiu alcançar o objetivo: quanto mais gentil se tornava, maior pressão exercia sobre Tóth.

O cérebro de Tóth, contudo, trabalhava como um martinete. Mas isto tampouco gerou resultados. Às quatro e dez da tarde, disse que não havia novidade. Às quatro e vinte, não havia coisa alguma, ainda. Porém, às quatro e trinta e cinco anunciou que novamente uma coisa começava a martelar-lhe o cérebro. Sete minutos mais tarde, levantou-se. Em sua opinião, disse, a coisa estava para acontecer; contudo, levando em consideração os antecedentes, não desejava precipitar-se. Às quatro e quarenta e cinco, declarou:

— Achei!

Tóth ficou ruborizado, os olhos esbugalhados.

— Prezado senhor major! — declarava às cinco e cinco. — Tive um pensamento ousado. Se a guilhotina velha é pequena, então, então, precisamos fazer uma guilhotina maior!

Extenuado, Tóth desabou na cadeira.

O major Varró expressava sua surpresa com palavras elogiosas. Com um sorriso cansado, Tóth agradecia o reconhecimento. O major Varró mostrava-se interessado em saber se a solução promissora seria factível. Facilmente, disse Tóth. Se ele sabia fazer uma guilhotina pequena, saberia fazer uma grande também. A questão era a seguinte: seria possível cortar maior número de cartolinas com a guilhotina nova? Muito mais cartolinas: quatro, cinco, talvez até umas cinco!

— E quando podem começar os preparativos? — indagou o major que, àquela altura, não mais o chamava de "meu caro Tóth", mas sim de "meu caro Tóthezinho".

— Agora mesmo. Existe material para isso, porque podemos utilizar o cavalete que está no barracão; além do mais, temos madeira suficiente e uma barra de aço do comprimento de um braço, que pode servir para fazer a alavanca.

— Mãos à obra, então! — gritou o major com entusiasmo. — Qualquer momento que não seja empregado para cortar cartolina é tempo desperdiçado!

O mecanismo de um relógio, em princípio, sempre indica a hora de forma correta (caso não sofra, é claro, abalroamento e sem considerarmos o desgaste natural). Tomemos como exemplo um relógio de bolso de tamanho relativamente grande: Tóth possuía, de fato, um relógio desses, da marca Anker, que herdou dos seus tempos de ferroviário. E o que acontece se amassarmos esse relógio exatamente em seu ponto central (de tal modo que não seja danificado)? Ele será a metade do relógio original e vai mostrar a metade do tempo. O cérebro humano é assim também: influências agressivas alteram-lhe as funções principais. A função de um relógio é indicar apenas o tempo; a do cérebro humano, muito mais do que isso. Ele tem uma função registradora: capta, organiza e armazena as percepções do mundo exterior. É capaz de lembrar-se, de penetrar no passado, de perscrutar o futuro e, desse modo, realizar planos. É capaz, também, de produzir pensamentos concretos e abstratos e tem, ainda, um funcionamento de ordem superior: consegue nomear os objetos, como, por exemplo, denomina comedouro de aves um comedouro de aves. É capaz de construir uma cúpula sobre a catedral de Florença. Foi capaz de descobrir que não se deve comer a brasa, mas a carne assada na brasa, e descobriu muitas outras coisas semelhantes.

Tóth não era capaz de realizações de interesse geral, como as mencionadas acima. Contudo, até agora, sempre foi capaz de exercer todas as funções às quais a sua condição humana o obrigava. Ele teria sido capaz de continuar exercendo essas funções se não tivesse sofrido uma influência agressiva que — simbolicamente — reduziu a sua capacidade intelectual à metade. É possível chamar as férias de quinze dias do major Varró de influência agressiva? No caso de Tóth, é até bastante justo fazê-lo.

A própria atividade de um bombeiro é um trabalho de natureza superior. Tóth estava de prontidão o tempo inteiro: se percebesse um fio de fumaça, o cérebro dele já sinalizava que estavam queimando folhas no jardim da família Kasztriner. Mas sinalizaria também os casos em que a fumaça fosse indício de um incêndio de grandes proporções.

Se fosse assim, o funcionamento do cérebro de Tóth teria sido capaz de exercer, imediatamente, atividades de natureza mais elevada. Seria capaz de saltar de sua cama, mandaria tocar os sinos a rebate, ordenaria que puxassem o carro de bombeiros ao local do sinistro e alvejaria as labaredas do incêndio com a mangueira. Na verdade, isto jamais chegou a acontecer. Mas não tem importância alguma. A gente, na verdade, não é aquilo que é, de fato, mas aquilo que é capaz de realizar.

Tóth tinha fama não somente como bombeiro; em outras atividades também era renomado. Desmontou a bomba d'água do professor Cipriani, lubrificou-a e montou-a de novo. Conseguia consertar a perna bamba de uma cadeira com uma única martelada e um só prego. Mais do que isso: quando a sua família começou a produzir as embalagens para a fábrica Sanitas de bandagens, conseguiu fabricar, a partir do retalho de uma faca velha, o aparelho que sempre funcionou, até agora, sem problema algum. Agora, no entanto, quando não precisaria criar coisa alguma a partir do nada, mas transformar algo pequeno em algo grande, o cérebro dele só era capaz de realizar uma obra pouco maior do que aquela que se pode esperar de uma criancinha com esforço descomunal.

Se o medo atua sobre as células do cérebro com força arrefecedora, esse fato podia ser verificado, claramente, no caso de Tóth. Torna-se necessário fazer similar constatação a fim de permitir uma compreensão mais adequada dos acontecimentos futuros, porque, quando Tóth (e nem faz tanto tempo assim) suspirou assim — "Isto não vai acabar bem, Mariska" —, estava antevendo, macabramente, o desfecho dos acontecimentos.

É bom frisar que ele não teve mais qualquer desentendimento com o major depois de ter conseguido fabricar a guilhotina grande. No lugar da tensão perpétua, instalou-se uma amizade perpétua. O hóspede, durante alguns dias, parecia completamente satisfeito, e Tóth, por sua vez, aparentava estar totalmente equilibrado. Numa madrugada muito clara (era o oitavo dia da presença do major e o terceiro dia consecutivo após a inauguração da nova guilhotina), Tóth fugiu de casa, exatamente às três horas e seis minutos, sem que para isso tivesse alguma causa ou explicação razoáveis e em consequência de uma precipitação juvenil.

Buscavam-no em vão, e de modo desesperado, por toda parte. O comandante dos bombeiros foi descoberto escondido embaixo da cama do pároco Tomaji, apenas no final da tarde. Seria incorreto responsabilizar o major Varró por esta leviandade. Houve, é verdade, alguns fatos pouco significativos, que precisam ser narrados até por uma questão de coerência. Todavia, eles todos depõem contra o próprio Tóth.

* * *

A guilhotina acabou ficando pronta depois de um dia e meio de esforço incisivo. Esforço tamanho que Tóth quase estourou, quando, finalmente, conseguiu carregar o objeto lá do barracão. A guilhotina era tão grande que seria possível deitar um homem sobre ela. A lâmina seria capaz de cortar um novilho ao meio. A alavanca, quando descia, retumbava como um machado.

Todos ficaram estupefatos. Examinaram a guilhotina. O major, maravilhado, batia na guilhotina, alisava-a, dava-lhe tapinhas. Não sossegou enquanto não conseguiram experimentá-la. Colocaram três, quatro, até cinco cartolinas debaixo da lâmina, e ela cortava todas! Isso ultrapassou as expectativas mais exageradas.

O major ainda deu uma olhada delicada sobre o aparelho e, em seguida, postou-se diante de Tóth:

— Nem sei como expressar-lhe a minha gratidão, meu caro Tóth. A única coisa que lhe posso dizer é que, até agora, o segundo-tenente Hellenbrandt era o meu companheiro de quarto. Todavia, assim que eu retornar à frente de batalha, o prezado filho de vocês passará a ocupar o lugar dele. E isso é vantajoso, porque há guarda redobrada no prédio da escola em que estou instalado. Não me agradeçam. Não devemos ficar perdendo tempo com conversas. Vamos jantar e, depois, ao trabalho!

Sentaram-se à mesa. Foi o melhor jantar da vida de Mariska. Não somente porque, afinal, podia ter certeza de que o filho estava em segurança, mas também porque o major honrava Tóth, cada vez mais, com a sua afeição. O major sorria, de vez em quando, para Tóth, e exigia que o fígado de galinha que estava na sopa fosse dado todo para ele. Foi então que o major piscou para Mariska, exatamente assim como os adultos fazem ao mimarem uma criancinha.

O almoço (denominação antiga: jantar) havia chegado ao fim. Restava às mulheres tirar a mesa, lavar a louça e trazer as cartolinas para a fabricação das embalagens. O major, contudo, considerava demasiado esse curto ócio também, e disse a Tóth:

— Então, meu pequeno Tóth, que tal tomarmos uma cerveja?

Agora o hóspede já chamava o comandante de bombeiros (que devia ter uns vinte centímetros de altura a mais) de "meu pequeno".

Foram acomodar-se no jardim do restaurante que pertencera aos Kleins. Primeiro, tomaram cerveja. Depois, cerveja com rum. Por fim, rum sem cerveja.

O major tornava-se cada vez mais expansivo. Despiu-se de seu comportamento marcial, e confessou, francamente, que passava os melhores dias de sua vida na casa da família Tóth. Lajos expressou-lhe a sua gratidão.

Isso era devido, explicou o major, à fabricação das caixas. Quando acordava, mal podia esperar que a noite chegasse, quando, finalmente, poderiam começar a trabalhar. Tóth, compreensivo, acenou com a cabeça.

Essa ocupação tem algo de emocionante. Distrai mais do que o jogo de baralho; é mais interessante do que o xadrez. A melhor coisa do mundo é fazer caixas. Tóth concordava.

Seria melhor, dizia o hóspede, melancólico, que muito mais pessoas se ocupassem com a tarefa de fabricar caixas. Talvez chegue o dia em que toda a humanidade possa aderir. Isso seria muito lucrativo, refletia Tóth.

Cada país poderia fabricar caixas de cores e formatos diferentes. Talvez a denominação acabasse sendo diferente, mas, afinal, uma caixa é uma caixa. Sem dúvida, afirmava Tóth.

E, quando chegasse aquele dia, a humanidade inteira haveria de abençoar-lhes os nomes. Oh meu Deus, dizia Tóth.
O hóspede pousou os olhos sobre o infinito. Calou-se. Os homens não são efusivos. Apenas os olhos do major expressavam algo. Estava incendiado por uma força qualquer: uma grande expectativa, a emoção de uma grande espera... Pagou a conta e, mudo, enfeitiçado pelo futuro grandioso, tomou Tóth pelo braço. Foi assim que tomaram o caminho de casa.
Mariska aguardava-os junto ao portão do jardim.
Desde tempos imemoriais, as mulheres ficam intranquilas quando os homens vão tomar cerveja. Nem Mariska sabia qual seria o epílogo do pequeno passeio; por isso, estava ali, parada, aguardando e fitando a rua... Agora, no entanto, sequer podia acreditar no que os seus olhos viam. À medida que se aproximavam, as duas figuras se embaçavam diante dela. Já não conseguia ver o marido e o major chegando; via Gyula, esbelto, vestido com o uniforme do batalhão, cheio de condecorações sobre o peito, saudável, sorridente. Acenava com um grande salame: o filho querido jamais chegava em casa de mãos vazias... Oh Gyula!

* * *

Cartão enviado da frente de batalha

Prezada família Tóth. Fui eu quem dirigiu o carro que levou o senhor major Varró à estação ferroviária. A seguir, seu filho e eu fomos tomar banho e acabamos tomando cerveja na cantina. Regressamos cedo, mas, apesar disso, escureceu logo. O que houve, de fato, não sei; consigo, apenas, tirar as conclusões. Eles não podiam ter lançado granadas sobre nós, porque a floresta havia sido arrancada, numa largura de cem metros, em ambos os lados da estrada. Tampouco poderiam ter atirado em nós, porque já estava escuro demais. Só me lembro de uma fumaça rósea que escapava do motor. Primeiro, fiquei completamente aturdido, mas acabei sofrendo ferimentos leves provocados pelos estilhaços do para-brisas. E foi assim que me arrastei até à aldeia mais próxima, para pedir ajuda. Quando retornamos aos escombros do carro, o senhor alferes não estava mais lá. Pode ser que nada lhe tenha acontecido e que ele tenha conseguido ir embora sozinho; pode ser, também, que tenha sido ferido e que a coluna de blindados alemães que passava por ali o tenha recolhido. Se eu não tivesse ficado tão aturdido, seria capaz de prestar esclarecimentos mais exatos. No entanto, posso apenas ter a esperança de que o senhor alferes não tenha sofrido sequer os ferimentos que eu sofri.

Respeitosamente,
Sándor Gyurica, soldado-motorista

(Cartão diluído dentro do barril de águas pluviais)

* * *

A alavanca da guilhotina, com oitenta centímetros de comprimento, desceu com estrondo. A família Tóth havia iniciado o trabalho, com excelente disposição, cheia de confiança e um sorriso nos lábios. Seria impossível pintar um quadro mais feliz e mais tranquilo.

O major começou a enfiar três cartolinas debaixo da lâmina; depois, eram quatro e, por fim, cinco. O aparelho funcionava sem falhas e isto deixou o hóspede realmente embriagado. Agora, ele já despejava os cartões recortados, enquanto, com voz ressoante, encorajava os anfitriões:

— Mais uma! Vamos lá! Adiante! Pressão!

Não havia mais tempo para ficar sentado de braços cruzados, descansando e meditando. Até que amanhecesse, era necessário trabalhar, sem pausas, de modo ininterrupto. Mas que importância tem isso, se a gente sabe que o ser mais querido, mais importante do que a sua própria vida, está em segurança?

Mariska dizia, aliás, quando conseguiam entrar no quarto, cambaleantes:

— Está vendo, meu querido e bom Lajos? Com um pouco de boa vontade, é possível operar milagres.

Tóth, que já nem conseguia pronunciar uma única palavra, apenas resfolegava. Embora extenuado, parecia estar calmo, quase alegre. Mas quanto tempo haveria de durar esta calma? Dois dias ao todo.

* * *

O primeiro fenômeno preocupante ocorreu na noite que antecedeu a fuga de Tóth, logo depois do almoço (jantar). Àquela altura, o major Varró já não continha a sua impaciência. Tornou-se um hábito que os dois homens fossem passear, enquanto transcorriam os preparativos. O caminho habitual era da casa de Tóth até o ponto de ônibus, que eles percorriam três ou quatro vezes. Naquele dia também eles saíram para tomar um pouco de ar. Quem poderia supor que isso acabaria mal?

Não havia iluminação pública em Mátraszentanna. Os dois homens saíram de casa, depois do almoço tardio, debaixo do céu estrelado de julho. O brilho misterioso da noite era interrompido, aqui e ali, por uma janela iluminada.

Assim, por exemplo, a senhora Géza Gizém.

Ágika também reconheceu este fato. Entretanto, apesar de não poder lembrar da resposta, palavra por palavra, ela tinha a impressão de que o pai havia mencionado a cara de alguém.

Mariska não se lembrava da palavra "cara", mas não seria capaz de jurar que isto não causara a confusão toda. Na verdade, o transformador de luz estava colocado bem defronte à janela da senhora Géza. A sombra da caixa metálica bojuda projetava-se em linha oblíqua sobre o calçamento. Enquanto caminhavam em direção ao ponto de ônibus, o major Varró pensou que a sombra comprida fosse uma valeta. Num piscar de olhos, ele parou, mediu a largura da valeta, tomou impulso e saltou. O que poderia Tóth fazer? Parou também. Ele também tomou distância. Ele também saltou sobre a sombra oblíqua, embora soubesse que aquilo deixaria o major numa situação embaraçosa e até mesmo cômica.

Foram adiante. Voltaram. Saltaram novamente a sombra. Repetiram o feito, enquanto aspiravam o excelente ar da montanha e trocavam ideias amistosas.

Segundo a opinião dos médicos, os habitantes das regiões mais altas possuem atividade sexual mais intensa do que os habitantes das planícies. Portanto, não é de surpreender que a janela da senhora Géza logo tenha ficado escura, naquela noite. Quando Tóth e o major chegaram diante da casa dela, no lugar da antiga valeta viam, apenas, um calçamento liso que brilhava acinzentado. Eles, contudo, como haviam feito até então, pararam mecanicamente.

— Tenha a bondade — disse Tóth, fitando o mesmo local.

— Depois do senhor — disse o major. — Não aprecio gentilezas.

Era preciso agir. Restavam duas possibilidades para Tóth:

1) Deixar de saltar. Se fizesse isto, como morador de Mátraszentanna que estava muito bem familiarizado com o estado de conservação da estrada, evidenciaria o fato de que fez o major de bobo três vezes seguidas;

2) Saltar. Mas isto evidenciaria, por sua vez, que ele con-

tinuava a considerar como valeta aquele local em que, de fato, se projetava uma sombra.

Tóth escolheu o menor entre os dois males. Tomou distância e pulou, com ímpeto, a valeta inexistente que estava no lugar da sombra anterior.

O major seguiu-o. Ele também tinha duas opções:

1) Deixar de saltar. Assim, no entanto, estaria admitindo que um bombeiro pouco instruído de província era capaz de ridicularizá-lo;

2) Saltar, e, assim, estaria chamando de valeta o local sereno da sombra. Contudo, não estaria colocando em xeque, pela segunda vez consecutiva, a sua autoridade, que já havia sido diminuída.

Ele também escolheu o menor dos males. Ele também tomou distância e saltou.

Prosseguiram, como se nada tivesse acontecido. Mas, o fato de terem prosseguido não coloca fim à penosa história. Segundo os conhecimentos que a ciência acumulou até hoje, o contato sexual dos habitantes dos lugares altos é muito mais intenso do que o dos habitantes das planícies. Portanto, a senhora Géza conseguia provocar grande movimentação nessas bonitas noites de verão, isto é, ora a janela estava iluminada, ora estava escura. Os dois transeuntes, no entanto, estivesse a janela iluminada ou não, saltavam diante da casa.

Não bastasse isso, acontece que o maquinista da usina elétrica local regressava do trabalho justamente naquele momento, e encontrou-se com o major e Tóth bem defronte à janela da senhora Géza. Cumprimentou o major Varró com solenidade e saltou sobre a sombra do transformador, sem vacilar (lembrava-se de sua aposentadoria muito próxima, do sobrinho que estava lutando na guerra e, como uma antiga sombra, de uma eventual acusação de atividades antigovernamentais de que poderia ser vítima).

O major Varró e seu anfitrião repetiram o gesto. Mas

uma coisa assim não deixa de ter consequências. Podemos imaginar uma continuação propícia, notável, isto é, que os dois homens, dois bons amigos, estreitassem, mais ainda, os seus laços, depois de, finalmente, poderem ter pulado à vontade.

Podemos imaginar também uma continuação desfavorável. Infelizmente, foi o que aconteceu.

Primeiro, uma intranquilidade começou a atormentar Tóth. Recriminava-se por ter colocado o comandante do próprio filho numa situação desonrosa. Para expiar a culpa, começou a tratar o hóspede com uma gentileza que chegava a chamar a atenção. Assim, por exemplo, ofereceu-lhe a cadeira na varanda; curvava-se diante dele o tempo todo; sorria de maneira forçada etc.

As gentilezas, no entanto, erraram o alvo, porque lembravam o major uma coisa que ele não desejava recordar. Recusou a cadeira oferecida e foi buscar, propositalmente, outra, em seu quarto. Quanto aos sorrisos sedutores, recebia-os com expressão gelada.

Isso tudo deixou Tóth mais atormentado ainda. Agora, ele já ostentava uma expressão culpada e procurava sumir do alcance dos olhos do major, a fim de sublinhar a sua própria insignificância.

O major interpretou mal isso também. Aliás, interpretou tudo ao contrário: considerava aquilo uma verdadeira provocação. Quanto mais Tóth piscava para ele com sentimento de culpa, tanto mais o major se afastava dele, todo valente. E a conversa mole simplesmente o irritava.

— O que foi que o senhor disse? Não consigo entender uma palavra dessa conversa enrolada!

Tóth repetia as frases. O major fazia de conta que não compreendia.

— Ainda não entendi nada. Vai me dizer que o senhor está brincando comigo?

Tóth não tinha vontade alguma de brincar; ele queria chorar. Na verdade, a intimidade havia acabado; não havia mais essa coisa de meu caro Tóth, meu Tóthezinho, nem aquela história de pescar de dentro da sopa o fígado de galinha para que Lajos o comesse... O major enfiou o queixo sobre o peito, e dobrava as caixas, emudecido. Jurou a si próprio que só abriria a boca quando lhe perguntassem algo.

É claro que, quando lhe perguntavam algo, ele precisava responder. Mas teria sido melhor que ele ficasse calado nesses momentos também. Existem momentos (horas, anos ou épocas) em que o segredo de uma vida longa é o silêncio.

A pergunta que provocou tanta confusão parecia completamente inocente. Eles estavam dobrando caixas há bastante tempo, quando o major largou a alavanca da guilhotina, olhou em redor, e, com a gentileza habitual, indagou:

— Os senhores não querem descansar? Meu caro Tóth, que horas o senhor tem aí?

Desde que o major Varró havia chegado a Mátraszentanna, houve outras ocasiões em que ele não compreendera o que Tóth dissera. Mas, até agora, aquilo que o major ouvia mal podia ser mal compreendido. A prova contundente da deterioração das relações reside no fato de que a resposta de Tóth assemelhava-se àquilo que o hóspede havia compreendido.

Tóth tirou o seu relógio de bolso antiquado e disse o seguinte:

— Prezado senhor major, é meia-noite e quarenta e cinco!

O major colocou a mão em concha sobre a orelha.

— O senhor está balbuciando de novo, e eu não consigo entender nada.

Tóth repetiu a resposta acima em voz alta. Mas ele quase deixou o relógio de bolso cair quando percebeu que a expressão facial do major estava se alterando. Ele perdeu a cor, as rugas ficaram salientes e os olhos, tão pequeninos quanto um minúsculo botão. Ele, na verdade (e isso ficou evidente, depois de todas as explicações), interpretou as palavras de Tóth do seguinte modo:

— Ora, enfie a mão na cara besta de sua avó!

É bastante natural que, diante de uma ofensa destas, ele não tenha conseguido manter o autocontrole. Esmurrou a mesa e gritou:

— Exijo que o senhor se retrate! E fique o senhor sabendo que a minha avó era da família Skultéti, quando solteira, a quinta filha de um peleteiro de aldeia. Contudo, o diretor da escola de Borsodivánka considerou uma verdadeira honra poder beijar-lhe as mãos, curvado quase até o chão, no quinquagésimo aniversário dela!

Virou as costas e entrou correndo em seu quarto. Bateu a porta. A família Tóth continuava sentada, apavorada, porque os sons que podiam ouvir traíam o fato de que o major havia arrancado as malas de dentro do armário, estava abrindo as gavetas e começara a empacotar os seus pertences.

— Ele vai embora! — gemeu Mariska. — O que foi que você fez de novo para ele, meu querido Lajos?

Mãe e filha fitavam Tóth horrorizadas; ele, contudo, mantinha uma expressão aparvalhada.

* * *

Uma outra pessoa, tirando conclusões de olhares tão reprovadores, saberia qual é a sua obrigação. É simples: se você ofendeu alguém sem querer, deve procurar essa pessoa. Tóth, no entanto, continuava ali, sentado com face obstinada e sem expressão alguma. Era possível concluir que ele não tinha a mínima intenção de desculpar-se. Culpava exclusivamente o major pelos acontecimentos todos, e ainda se admirava que a filha e a esposa continuassem olhando para ele com ar de expectativa.

— O que é que vocês ficam aí olhando? — indagou sem compreender coisa alguma.

Ágika ficou devendo a resposta. Mariska apenas gemeu.

— Ai, meu Lajos, meu querido e bom Lajos...

— Pare de gemer! — censurou Tóth. — Eu disse: meia-noite e quarenta e cinco! Foi o que eu disse, ou não foi?

Olhou em volta. Era evidente que esperava que a esposa e a filha lhe dessem razão, porque, afinal, sempre foi assim nas vezes anteriores, inclusive quando ele não estava certo (mas isto era uma exceção). Agora (quando ele estava certo), não lhe davam razão.

De início, não aconteceu nada. Mariska continuava calada e olhava para frente, com olhos marejados.

Ágika também estava calada. Pouco tempo depois, balançou a cabeça tristemente.

Diante disto, Mariska suspirou e meneou a cabeça também.

Tóth ficou irritado.

— Será que vocês perderam a língua? — perguntou. — Por que é que vocês ficam balançando a cabeça?

Ágika virou-se para o outro lado, como alguém que não tem coragem para pronunciar-se.

Mariska, depois de assoar o nariz na ponta do avental, disse apenas o seguinte:

— A única coisa que pedimos a você, meu querido e bom Lajos, é que, no futuro, você seja um pouco mais cuidadoso.

— É, sim — encorajou-se Ágika. — Não é bom que alguém fique falando assim, sem pensar.

— Eu não disse nada sem pensar — disse Tóth, batendo, irado, sobre a mesa. — Apenas disse a hora certa.

Ágika não colocava isso em dúvida. Acrescentou, apenas, que as pessoas não têm o hábito de ofender-se sem razão. Não se deve excluir a possibilidade de o pai ter dito a hora certa de tal modo que se podia entender uma outra coisa também.

— É, sim — disse Mariska. — Se o senhor major se ofendeu, então, com certeza, deve haver um motivo.

Tóth não podia acreditar que as suas palavras pudessem ser interpretadas de outro modo; mas, mesmo que fosse assim, não havia nada que pudesse ofender o hóspede.

Mariska também lhe deu razão; o marido dela jamais havia ofendido alguém.

Ágika também reconheceu este fato. Entretanto, apesar de não poder lembrar da resposta, palavra por palavra, ela tinha a impressão de que o pai havia mencionado a cara de alguém.

Mariska não se lembrava da palavra "cara", mas seria incapaz de jurar que esta palavra não tivesse sido mencionada.

Tóth sustentava que aquilo tudo não passava de simples imaginação. Afinal de contas, a cara de quem ele poderia mencionar, se lhe perguntaram a hora certa?

Mariska deu-lhe razão, neste ponto.

Ágika ficou pensativa. Primeiramente, ela também deu razão ao pai; em seguida, disse que tinha a impressão de que a palavra "cara" tivesse sido dita e em relação à avó do senhor major.

Mariska também estava pensativa. Declarou que confiava, cegamente, no marido; nem por isso poderia dizer sim, ou não.

A essa altura, nem o próprio Tóth tinha muita certeza do que afirmava. Quer dizer, é até admissível que tenha pronunciado a palavra "cara". Mas daí a citar a avó do major, não havia razão alguma.

Ágika pediu desculpas por estar rememorando coisas antigas, mas devia dizer que houve outras oportunidades em que o pai chegou a dizer coisas estranhas.

Mariska, então, começou a menear a cabeça de tal modo que isso poderia ser interpretado tanto como afirmação quanto negação.

Tóth desejava saber a que a filha se referia.

Ágika preferia nem falar a esse respeito, mas, depois de longa insistência, contou que, na quarta-feira passada, por exemplo, o pai, em vez de cumprimentar, disse "seu nabo encardido" ao pároco Tomaji, ali, bem defronte ao restaurante que pertencera aos Kleins.

Mariska lembrou que ela não estava presente, mas não poderia sequer imaginar uma coisa destas a respeito do marido. Agora, também é certo que, há alguns dias, o pároco tem retribuído de modo seco a seus cumprimentos.

Tóth ficou estarrecido. Ele, de fato, não se lembrava de nabo algum, mas tinha certeza de que havia saudado o pároco com um "Salve Maria", e, apesar disso, parece que tinha ficado um pouco tonto.

Finalmente, Mariska também falou. Estava claro que era muito difícil para ela manifestar-se, mas, conforme observava, num momento de tamanha gravidade tampouco ela poderia deixar de dizer a verdade, porque, afinal de contas, a vida do filho Gyula estava em jogo. Por isso mesmo, sentia-se na obrigação de lembrar ao marido os acontecimentos que antecederam sua aposentadoria na ferrovia.

Ao ouvir a palavra aposentadoria, Tóth ficou vermelho como um pimentão.

Aliás, isto é compreensível. Se um homem, durante nove anos contínuos, trabalha como irrepreensível chefe de manobras da estação ferroviária de Felsöpiskolc, e, de um dia para outro, sem uma única explicação, acabam por aposentá-lo, é óbvio que ele deseje esquecer esta lembrança humilhante. Mariska, no entanto, achava que, pelo próprio bem do marido, seria interessante encarar a verdade de frente.

Tóth declarou que se mostrava muito interessado em conhecer essa verdade.

Mariska disse ser capaz de satisfazer a curiosidade do marido, mas exigia que Ágika tampasse os ouvidos.

Ágika tampou os ouvidos. E Mariska contou que, quando o rei italiano Vittorio Emanuele foi recebido pelo soberano húngaro para uma caçada nas florestas do norte do país, na estação de Felsöpiskolc, toda enfeitada e florida, com os funcionários em posição de sentido, no instante em que o trem especial passava pela estação, um dos chefes de manobra, que nunca havia dado razões para queixas, repentinamente virou as costas para a composição, desceu as calças e mostrou o traseiro para os grã-finos do trem que se afastava... Foi isso o que aconteceu, disse Mariska, e caiu em pranto.

Tóth protestou em voz alta:

— Não há uma palavra de verdade nisso! Quem foi que contou a você estes disparates?

Ela também duvidava, fungava Mariska, até o dia em que uma cobradora do trem, uma tal de senhora Singer, jurou, no cinema que então pertencia à família Berger, que testemunhas dignas de crédito lhe contaram toda a história.

Tóth desmontou. Isso era mais do que o seu orgulho poderia suportar. Demorou alguns minutos até que Mariska e Ágika pudessem dar-lhe novo ânimo. E logo depois começaram a implorar-lhe que fosse lá pedir desculpas ao major. Tomaram-no pelo braço. Acompanharam-no, delicadamente, até à porta e chegaram a ajudar-lhe a ultrapassar o umbral...

Algumas horas depois, às três horas e seis minutos da madrugada, Tóth fugiu de casa. É óbvio que a fuga dele e o episódio narrado acima não têm, e não podem ter, qualquer relação causal. Um adulto não abandona a casa e a família apenas porque alguém não compreendeu bem as suas palavras. Não se pode acreditar nisso, inclusive pelo fato de o major, com a generosidade habitual, logo ter perdoado Tóth.

Mais do que isso: assim que saíram do quarto, ele disse, de modo sintomático:

— Por favor, não o recriminem. Somos todos humanos... não é, meu caro Tóth?

Tóth resmungou algo. Não estava lá muito bem disposto, mas assim que ocupou o seu lugar à mesa, recuperou-se, sem demora. O trabalho, apesar de cansativo, sempre tem um aspecto consolador. Além disso, o major não guardava rancor algum e, ainda por cima, exibia o melhor humor possível. Apreciava o ar fresco, a brisa plácida da noite, e conversava de tal modo que ninguém percebia o tempo passar. Os interlocutores ouviam, com prazer, que o prezado hóspede havia recuperado o apetite e a disposição e que os seus sonhos não eram mais tão apavorantes quanto na época em que havia chegado. Em seu último sonho, por exemplo, imaginava ser um saquinho de pó-de-mico que estava sendo despejado no pescoço de uma bela jovem. Ele narrou, com pormenores, como escorregava, cada vez mais fundo, pelo vestido da moça e como a mulher estonteante gargalhava em consequência das cócegas que ele lhe fazia. Todos se divertiram com isto e até Tóth deu um largo sorriso. Ninguém poderia imaginar os planos que Tóth urdia ou que, logo após a solução do primeiro desentendimento, reservava-lhes uma segunda surpresa, mais apavorante.

Aconteceu, no entanto, que, em meio a essa animação geral, muito antes do amanhecer, isto é, quando ainda não era tarde demais, Lajos Tóth bocejou, e de modo muito provocante, assim, bem defronte ao major, com tamanho desembaraço como se o major fosse um médico e ele estivesse desejando que lhe examinasse as amídalas inflamadas.

Que ele tenha bocejado, vá lá, embora os que estivessem sentados à mesa lembrassem a reação do hóspede diante do primeiro bocejo de Tóth. O temor enregelou-os, congelando-lhes as palavras sobre os lábios e paralisando-lhes o movimento das mãos, exatamente como o voo de um pássaro acaba sendo cortado pelo projétil certeiro do caçador, que lhe atinge o coração.

Tóth, que poderia, ainda, tentar consertar o deslize com algumas justificativas, piorou a situação ao dar uma bronca irritada na esposa:

— O que é que vocês ficam aí, olhando? Será que eu tenho um chifre na cabeça, é?

Quando lhe disseram o que ele havia feito, primeiro de modo obstinado e, depois, com um ar de culpa reincidente, tentou negar o seu gesto. Não acreditava na filha. Não acreditava na esposa. Nenhum argumento, nenhuma prova lhe bastava. Talvez a discussão jamais terminasse se o major não tivesse intercedido.

— Gostaria de pedir-lhes que parem com essa batalha verbal infrutífera — disse, com mansidão apaziguadora. — De fato, tanto faz se nós enxergamos direito, ou se o senhor Tóth se lembra mal. Se ele sente que não bocejou, então isso significa que ele não tinha a intenção de bocejar. Contudo, esta questão somente ele pode decidir. Pense a respeito, meu caro Tóth.

— Não tinha a menor vontade de bocejar — declarou Tóth.

— Fico muito contente, mesmo — disse o major. — Isto quer dizer que agora também o senhor não tem vontade de bocejar?

— Agora também não — disse Tóth.

— E mais tarde? — interessou-se o major.

— Nem mais tarde — disse Tóth.

— E o senhor não vai se arrepender disso, por acaso?

— Nunca!

— Bem, se isso é assim, será que o senhor se dispõe a tomar determinadas providências acautelatórias a fim de impedir bocejos futuros? — indagou o major.

— Com muito prazer — disse Tóth.
— Ótimo! — observou o major.
Declarou que não esperava menos de um homem tão brilhante quanto Tóth. Claro, dizia, existem várias maneiras de impedir o bocejo. Para sorte da família Tóth, ele já havia obtido certa experiência nesse campo. Na frente de batalha, por exemplo, os soldados designados para ficar de guarda à noite, frequentemente, têm vontade de bocejar, e isso é perigoso, porque a pessoa que boceja pode ser vítima fácil do sono, e isso acaba sendo punido com o fuzilamento, lá, no front. Mas lá ele remediava a situação dando um caroço de ameixa para o soldado de plantão, que devia colocá-lo na boca e passá-lo ao seguinte, na troca de guarda.

— Por acaso os senhores não têm algum caroço de fruta em casa? — perguntou.

Mariska meneou a cabeça. Infelizmente, comunicou, a estação das ameixas já chegou ao fim, e, além do mais, ainda não chegou o tempo dos pêssegos... Estava estampado em seu rosto o quanto ela lamentava isso tudo, mas o major a consolou:

— Não tem importância, Mariska. Eu vou acabar inventando alguma coisa.

Examinou os bolsos com expressão preocupada. Parecia não encontrar aquilo que procurava, porque deu um salto repentino, correu até o quarto, revirou as gavetas, e acabou voltando com objetos de funções diversas nas mãos. Colocou sobre a mesa uma câmara fotográfica Kodak, uma caixa de inseticida, o revólver do Exército, uma fotografia emoldurada em que ele próprio aparecia, no dia em que havia sido promovido a segundo-tenente, portando uma espada e encostado a uma palmeira artificial de aparência poeirenta.

— Qualquer um deles serve — disse, enquanto olhava ora para os objetos, ora para a boca de Tóth. — Mas nenhum deles é o ideal.

A seguir, colocou as mãos na cabeça e deu um grito:
— Ora! Quase ia me esquecendo do besouro!

Carregou tudo de volta para o quarto, e retornou, com expressão maravilhada, com um objeto do tamanho de um ovo de galinha, que, soube-se logo depois, era nada mais nada menos do que uma lanterna de bolso a pilha, com um pequeno botão externo. Se apertassem o botão, a lanterna começava a zumbir — por isso era chamada de "besouro" — e a lâmpada se acendia.

Estendeu o besouro a Tóth:
— Tenha a bondade, meu caro senhor Tóth!
— Que coisa! Eu jamais seria capaz de lembrar-me de uma coisa destas! — gritou Mariska, assombrada.
— Mas é uma solução muito simples! — bateu as mãos Ágika.

Tóth, contudo, em vez de ficar contente, contemplava a lanterna de bolso com antipatia evidente.
— E o que eu faço com isto? — perguntou.
— O que faz? — gargalhou Ágika. — O papai deve enfiar na boca, e pronto!
— Mas você deve tomar cuidado para não engolir a lanterna — admoestava Mariska ao marido, com preocupação.
— Não deve engolir, nem mastigar — explicava o major. — Deve ficar chupando a lanterna, assim, como se chupa uma bala azeda.

Tóth, no entanto, criava dificuldades. Ele não tinha coragem de pôr aquilo na boca, dizia, porque uma vez que punha algo na boca, deveria engolir também.
— Não tenha receio disso — tranquilizava-o o hóspede sorridente. — No começo, talvez o senhor experimente um sentimento estranho, mas é possível acostumar-se com uma lanterna de bolso do mesmo modo que nos acostumamos a uma dentadura postiça.

Nem isto foi capaz de convencer Tóth. A despeito de toda a sua masculinidade, havia ainda um traço infantil em sua personalidade. Talvez estivesse se fazendo de difícil, ou, quem sabe, não lhe agradasse o nome "besouro", porque continuava recusando a solução, embora fosse incapaz de apresentar qualquer argumento contrário sólido. Contemplava a esposa com a expressão de quem pede ajuda.

— Você também, Mariska, está dizendo que eu tenho de colocar isto na boca?

— E o que mais você poderia fazer, meu querido e bom Lajos? — admirava-se a mulher.

Tóth tornou a olhar ao redor de si e, a seguir, fez uma coisa que não correspondia nem à sua idade nem à posição social que ocupava. Enfiou-se, de repente, debaixo da mesa, de tal modo que não era possível ver-lhe sequer a cabeça.

Todos entreolharam-se, mas, num acordo emudecido, ninguém disse coisa alguma. Ficaram ali, sentados, calados, esperando. Nada mais lhes restava fazer. Era verdade, ele ainda fazia um beicinho, mas, pelo menos, não protestava mais. Abriu a boca espontaneamente e Mariska enfiou o besouro em sua boca com a delicadeza da mãe que alimenta o filhinho.

— Espero que não tenha um gosto ruim — observava Mariska.

Tóth balançava a cabeça. O rosto dele ficou um pouco inchado com a lanterna de bolso, mas isso não lhe caía mal. Ágika, inclusive, observou:

— O papai fica até mais elegante assim!

Tóth quis responder algo, mas o botão da lanterna impedia-lhe o movimento da língua, e a lanterna começou a zumbir e a lâmpada ficou acesa por detrás dos dentes dele. Todos sorriram.

— Não devemos perder mais tempo! — disse o major.
— Creio que agora o trabalho seguirá um curso mais fácil.

Ele não estava enganado.

Daí por diante não houve mais interrupções. Tóth não chegou a bocejar uma única vez. Nem mesmo aparentava cansaço. Continuava produzindo caixas semidesmontadas, mas todos já haviam se acostumado a isso. É preciso salientar estes fatos todos para que ninguém, nem por um acaso, queira estabelecer qualquer vínculo causal entre os acontecimentos anteriores e os que se seguiram. Afinal, até hoje ninguém chegou a fugir de casa somente porque (exclusivamente por medida de segurança) tivesse enfiado uma lanterna de bolso na boca. Por isso mesmo, a surpresa foi maior ainda quando descobriram o desaparecimento de Tóth.

Não notaram a falta dele logo. Supostamente, ele fugiu quando o trabalho chegou ao fim e todos estavam cambaleando, cansados, e mal podiam manter os olhos abertos. A ausência dele não ficou evidente também porque o caminhão da fábrica de ataduras Sanitas, de Eger, percorria a região uma vez por mês para recolher os produtos acabados. E essa visita ainda não estava para acontecer; portanto, a casa da família Tóth, sobretudo depois que a nova guilhotina começou a funcionar, estava abarrotada com as pilhas de caixas. Até um homem tão grande quanto Tóth poderia desaparecer entre aquelas caixas todas.

Mas, depois de certo tempo, o sumiço do dono da casa acabou sendo notado. Começaram a chamá-lo e a procurá-lo. Percorreram todos os cômodos, examinaram os jardins da vizinhança; depois, andaram pela aldeia inteira até à serraria, o vale do Bartalapos, os descampados do monte Bábony. E Tóth não estava em parte alguma.

Onde estaria? Por que teria ido embora? Quem sabe, talvez estivesse aborrecido, novamente, com alguma coisa. Era improvável. Tudo andava às mil maravilhas.

* * *

Na tarde daquele dia, o reverendo Tomaji regressou cansado para casa após o exercício de alpinismo que foi obrigado a realizar para conseguir dar a extrema-unção para a sogra do silvicultor-chefe das terras senhoriais. Cheio de pó, jogou-se sobre a cama arrumada e, sonolento, fechou os olhos. Mas um ronco barulhento perturbou os seus ouvidos. De início, acreditava estar ouvindo o próprio ronco. Prendeu a respiração, mas o ronco continuava. Após alguns minutos, com grande esforço — o que não lhe fazia bem algum, porque sofria de uma hérnia do hiato —, conseguiu fazer com que Lajos Tóth saísse de debaixo da cama. Se já não foi fácil conseguir acordá-lo, mais difícil ainda foi conseguir que ele pronunciasse uma palavra.

Muitos se enganam com os padres de aldeia. Aparentemente, eles executam de forma mecânica a sua santa vocação; repetem sermões antiquados; vivem apenas para os prazeres gastronômicos; tornam-se indolentes... Contudo, ninguém menciona o fato de que, muitas vezes, eles se defrontam com problemas espirituais tão complexos que seriam capazes de pôr à prova a própria capacidade dos príncipes da igreja.

O pároco de Mátraszentanna, durante longos anos, viveu a sua vida de modo tranquilo. Nos últimos tempos, melhor dizendo, na última semana, parecia que os seus fiéis haviam ensandecido. Anteontem, um trabalhador da madeireira apareceu dizendo que a própria sombra o perseguia. Em plena luz do sol, chegou a mostrar a sombra, enfiada num uniforme de gendarme. Que espécie de conselho se pode dar numa hora dessas? E o que o reverendo Tomaji poderia ter dito ao príncipe Leonhardt, de Luxemburgo, o proprietário dos setenta mil acres das terras senhoriais, quando o ancião caveiroso (em cujas veias corria o sangue da família real inglesa), em meio à confissão, chegou a dizer que se considerava um comunista convicto? O pároco recomendou um jejum sem carne, quando o príncipe indagou o que poderia ser feito contra essa sua convicção.

Esta amostra já indica que o reverendo Tomaji estava vacinado até contra as mais complicadas enfermidades espirituais. Entretanto, a confissão de Tóth deixou-o abalado. Afinal de contas, ninguém pode ficar insensível quando um dos respeitáveis e equilibrados membros da paróquia, conhecido por gozar de perfeita saúde, declara que só tem vontade de enfiar-se debaixo de alguma coisa.

Mas debaixo do quê? Para Tóth, era indiferente; bastava que se pudesse enfiar debaixo de alguma coisa. E por quê? Tóth confessava não saber por quê. A única coisa que ele sabia era que estava se preparando para deitar — já estava tirando os sapatos, junto à cama, quando reagiu ao comando de uma voz interior, e, assim, foi à casa do reverendo, entrou pela janela e foi deitar-se sob a cama do padre.

Tóth não negava que havia cometido aquele ato em pleno gozo de suas faculdades mentais. Que ele estava com sono, é verdade; mas, exceto esse pormenor, estava plenamente consciente. Tinha noção de que o seu gesto não era, de fato, um gesto sensato, mas não conseguia defender-se daquilo. Aliás, aquele desejo já o perseguia há dias. Onde quer que estivesse (no quarto, no porão, ao ar livre), ficava espreitando se havia algum lugar para esconder-se. Agora mesmo, enquanto estava conversando com o pároco, mal conseguia resistir à tentação de esconder-se ali, bem debaixo da batina do reverendo.

E o padre ouvia, ouvia. Tinha diante de si aquele homem corpulento, cujo peso era apenas menor do que a aflição que o atormentava. O que poderia dizer-lhe? Deu um longo suspiro.

— Se ajudar, meu filho, não me incomoda: esconda-se debaixo da minha batina — disse, mais tarde.

— Muito obrigado, reverendo — recusou Tóth. — Não

desejo ceder à tentação, porque corro o risco de ela tomar conta de mim por inteiro.

O pároco elogiou a atitude. Foi até à janela, contemplou o céu sem nuvens, meditou algum tempo e, a seguir, disse as seguintes belas palavras:

— O que podemos fazer por nossos semelhantes, meu filho? Estamos em guerra, e todos sentimos medo. Mas as batalhas estão sendo travadas muito longe daqui; os jornais, dia após dia, falam sobre as vitórias das nossas tropas, e nós, apesar disso, continuamos aflitos. Por que será? Nem eu mesmo sei. Se soubesse, talvez deixássemos de ter medo. Pense, meu filho, quem sabe você consiga dizer-me o que o incomoda. Talvez então você pare de ter vontade de esconder-se debaixo de alguma coisa.

Tóth deixou a cabeça pender. Disse que três coisas o incomodavam. O padre incentivava-o a dizer tudo.

Tóth disse que a primeira coisa que o incomodava era o fato de que era obrigado a usar o capacete enfiado sobre os olhos (quando o sol batia forte), porque esse era o desejo do prezado hóspede.

E a segunda coisa?, indagou o padre.

A segunda coisa é que, quando passeava com o major Varró, via-se obrigado a pular a sombra do transformador diante da casa da senhora Géza.

— Mas isso é tão horrível? — perguntou o padre, que o incentivava a contar a terceira coisa.

A terceira queixa, afirmou Tóth, era o fato de que se via obrigado a enfiar na boca a lanterna de bolso do hóspede, para que não bocejasse enquanto montavam as caixas.

O padre quis saber se a lanterna de bolso era muito grande. Tóth viu-se obrigado a confessar que, na pior das hipóteses, a lanterna era do tamanho de um ovo de galinha. Mas ele deveria engolir a lanterna, por acaso?, interessava-se o reverendo. Não, ele não poderia engolir, de jeito nenhum, reconhecia Tóth. Deveria chupar a lanterna, como se fosse uma bala azedinha.

Nesse momento, o reverendo Tomaji ficou furioso.

— Meu filho, isso não deixa de ser uma insolência! — bronqueou. — Estamos no meio da guerra, quando outras pessoas estão temendo por suas vidas, ou estão, justamente, chorando os seus mortos... E você me vem com uma ninharia destas, em vez de dar graças a Deus por Ele ter conduzido à sua casa o comandante do seu filho? Agora até lamento ter falado com você!

Saiu correndo. Bateu a porta. Mandou um garotinho da casa vizinha buscar Mariska, enquanto percorria, enfurecido, as aleias do jardim da casa paroquial até que Mariska aparecesse, toda apavorada.

— Não me faça uma expressão tão apavorada — disse-lhe o reverendo, enquanto a conduzia na direção da casa. — Lá dentro está aquele seu marido chorão. Leve-o para casa.

Abriram a porta. Olharam em volta. Tóth não estava em parte alguma. Nem debaixo da cama, nem debaixo do armário, nem na casinha do cachorro, nem mesmo entre a roupa suja. Sumiu, novamente, e não reapareceu até à missa das sete, quando, outra vez, um ronco bateu nos ouvidos do reverendo Tomaji. Desta vez, porém, o som conhecido estava saindo bem debaixo da toalha rendada que cobria o altar. As palavras onipotentes da consagração enroscaram-se na garganta do reverendo, que começou a passar mal. Ele foi obrigado a interromper a santa missa. Os fiéis dispersaram-se. Arrastaram Tóth até à sacristia e trancaram a porta. Mariska caiu em prantos.

— E agora, o que eu devo fazer com ele? — perguntava ao padre. — Temos um hóspede; não posso ficar tomando conta dele o dia inteiro.

O reverendo ficou pensativo.

— É muito difícil dar um conselho, Mariska, porque devemos ter consideração com a sensibilidade dele.

Mariska aprovava com a cabeça:

— É isso mesmo! Ele até se recusa a enfiar uma lanterna de bolso na boca! Não seria possível, simplesmente, amarrá-lo à cadeira? Neste caso, ele não teria como fugir.

— O único problema — disse Mariska — é que se ele fica sentado por muito tempo, acaba adormecendo, coitadinho.

— Ora, então vocês devem amarrar-lhe um sino no pescoço — recomendou o pároco. — Por acaso, eu tenho aqui um sino de reserva.

— É, ele ficaria parecido com um cordeirinho — sorriu Mariska, mas, em seguida, começou a balançar a cabeça. — Tenho receio de que o tilintar do sino incomode o major.

— Então diga você o que tem de ser feito — o padre abriu os braços, impotente. — Os meus conhecimentos esgotaram-se.

— Faça o obséquio de aconselhá-lo. Ele sempre deu ouvidos ao reverendo — disse Mariska.

O pároco Tomaji foi até à sacristia e aconselhou Tóth. Esfregou-lhe bem debaixo do nariz as obrigações que um pai tem em relação ao filho, especialmente quando se trata de um filho como o Gyula. Isto fez efeito.

Tóth jurou que se esforçaria, durante o tempo restante, para vencer as suas tendências negativas; não fugiria mais de casa; não se esconderia mais nem debaixo da cama, nem mesmo debaixo do altar.

O padre despediu-se dele, sabendo que Tóth, quando prometia uma coisa, cumpria. E assim foi.

Tóth foi direto para casa. Mas lá não se juntou aos demais; foi sentar-se na privada. Ficou ali até à hora do jantar e, depois da refeição, voltou para lá.

Na manhã seguinte, continuava sentado na privada. Quando Mariska bateu na porta, ele não deu resposta alguma. Parece que havia adormecido.

Capítulo 4

Cartão-postal endereçado ao front

Meu querido filho. Espero que esta encontre você gozando de perfeita saúde. O reverendo Tomaji, quando reza por aqueles que estão combatendo, sempre menciona o seu nome em primeiro lugar. Comunico que estamos todos bem. Mas é você quem faz muita falta. Para tranquilizar você, quero dizer que o respeitável senhor major está se sentindo muito bem. No começo, ele estava muito nervoso e cansado, mas dez dias de descanso, aqui, neste ar puro da montanha, já fizeram efeito. Durante os primeiros dias, ele tinha pesadelos horríveis. Mas agora ele só tem sonhos engraçados, como, por exemplo, imaginar-se pó-de-mico, ou que um cachorrinho o carrega dentro da boca e o sacode. Mas o que é isso, afinal, comparado àquela história de que ele era moído e acabava sendo devorado, como no começo? Seu pai também está bem, mas, de vez em quando, ele está se divertindo, você sabe, ele esquece a si mesmo embaixo da cama de alguém, mas o reverendo chegou a falar com ele. Desde então ele está de bom humor, mas, de vez em quando, tem uma recaída. Tenho outra notícia boa para você. O respeitável senhor major prometeu que, quando chegar o inverno, ele não somente vai destacar você para trabalhar no escritório do batalhão, mas você também vai dormir no quarto dele, no lugar daquele colega atual. Deus queira que tudo acabe assim. Cuide do estômago; não coma comida gordurosa e fria.

Muitos beijos de sua mãe,

              Mariska

* * *

Ela escreveu o endereço sobre o cartão. Foi até à privada e chamou pelo marido, mansamente (para não acordar o hóspede que ainda dormia). Mas ela ouviu apenas uma tossezinha discreta, indicando que o recinto estava ocupado.

— Até quando você vai ficar aí, meu querido e bom Lajos? — interessou-se Mariska.

— O que é? — perguntou Tóth. — O major vai embora?

— Mas você se lembra de cada coisa! O senhor major viajará somente daqui a quatro dias.

— Então eu vou ficar aqui mais um pouco — disse Tóth.

Era domingo. Os sinos já estavam batendo. Mariska, para não se atrasar na missa, enfiou o cartão pela fresta da porta, com lápis e tudo. Tóth assinou.

Mariska vestia roupa de domingo.

— Estou indo à missa — disse para Ágika, que depenava uma galinha na varanda. — Seu pai está sentado na privada; o senhor major continua dormindo. Tome conta deles, filhinha.

Beijou a filha e saiu.

Uns quinze minutos depois, o major saiu do quarto. Disse bom-dia para Ágika com uma voz embaçada pelo sono e, todo desgrenhado, pijama amarrotado, bocejando muito, tomou o caminho da privada.

Ágika observava-o intranquila.

* * *

Antes da chegada do major Varró, os Tóths viviam uma vida familiar exemplar. Mariska não somente amava ao marido, mas também o considerava tão superior que lhe obedecia ao menor movimento dos olhos. Ágika, por sua vez, com o ardor das adolescentes, idolatrava o pai. O pai era tudo o que havia de belo no mundo: o voo rápido de uma andorinha, o chocolate que derrete na boca, a vertigem que sentimos quando contemplamos uma rosa encarnada, tudo isso — e muito mais — era o pai.

Assim que o major Varró colocou os pés na casa deles, novas relações substituíram as antigas. Mariska adotou-as lentamente, passo a passo; Ágika, com a velocidade imperceptível do raio que em vez de fulminar uma árvore, atinge outra. Sempre é a atração física que se metamorfoseia; assim, se até então Ágika apreciava o odor da pele do pai, agora inspirava o cheiro do major, e, no lugar da voz de Tóth, era a do major que fazia seus nervos trepidarem. Mas o que a atraía sobremaneira eram as botas do major: ela própria começou a engraxá-las desde o primeiro dia; depois, carregou-as para a cama, onde brincava com elas, cantarolando como se fossem uma boneca. Por causa daqueles calçados horrendos, abandonou as botas perfeitas, de brilho atraente, que pertenciam ao pai.

Uma mulher, no entanto, uma mulher como Mariska, jamais chega a desarraigar todos os seus sentimentos. Ela solidarizava-se com o marido inclusive quando ele chegava a enfrentar o major (que possuía apenas boas intenções em relação ao marido), e jamais chegou a pronunciar uma única palavra de censura.

Contudo, Mariska também começou a sentir-se atraída pelo major, cada vez mais; não sob o ponto de vista físico, mas espiritual, digamos assim, no sentido transcendental. O interior de Mariska estava sendo preenchido por um sentimento que pretendia fazer com que o hóspede ficasse completamente à vontade e, desse modo, fixava-se quase sempre na disposição do major. Pressentia quando ele começava a ter sede, e acorria logo com um refresco. O major sequer podia imaginar que gases estavam se formando em suas entranhas, mas Mariska levantava-se, prontamente, e saía do recinto, discreta. Com o passar do tempo, ela transformou-se numa película cautelosa, verdadeiro rolo compressor cuja única vocação era a de poupar o hóspede de todo e qualquer aborrecimento.

A sensibilidade de Mariska aumentava dia após dia. De fato, contribuía para isso a impossibilidade de dormir e a consequente tensão nervosa, a preocupação que sentia em relação ao filho e ao marido. Como num fenômeno telepático, ela pressentia, à distância, a menor agitação do hóspede; de vez em quando, escutava vozes ocultas, enxergava miragens que, de antemão, sinalizavam um perigo qualquer que ameaçava o major.

Havia, por exemplo, um guarda-chuva surrado, encostado a um canto da varanda, esquecido por um dos inquilinos e que, sem motivo algum, caía de vez em quando. Certa manhã, quando o major dormia ainda, Mariska estava na fila do açougue que, naqueles tempos, só vendia carne em troca de talões de racionamento. Já havia chegado a vez de Mariska ser atendida, quando uma bicicleta parou diante do estabelecimento. Alguém perguntou:

— Por acaso tem alguma senhora Tóth aí?

Não adiantava dizer-lhe que havia sido a sua imaginação exagerada. Meses depois, Mariska ainda teimava em afirmar que um judeu de aparência bondosa, barba grisalha, cópia fiel de São Pedro, estava ali, ao lado da bicicleta.

— Sou eu. O que o senhor deseja? — respondeu-lhe Mariska.

— É bom ter cuidado com aquele guarda-chuva! — avisou a tal voz. Num piscar de olhos, o mensageiro celeste desapareceu.

Por sorte, o açougue não ficava muito longe. Mariska voltou correndo para casa e — um verdadeiro milagre divino! — ainda pôde agarrar em pleno ar o guarda-chuva que tombava, e que teria acordado o major.

Naquele domingo, depois da santa missa, Mariska ouviu uma nova mensagem. Desta feita, não apareceu ninguém, mas, acima das notas emitidas pelo órgão da igreja, ela supôs ter ouvido uma voz estridente, como se fosse emitida por um alto-falante:

— Alô, alô, atenção! Senhora Tóth, nascida Mariska Balog: os seus familiares esperam-na diante do sanitário masculino!

Os fiéis ou não chegaram a ouvir aquele alto-falante ou não conseguiram compreender o significado ameaçador da mensagem. Mariska, no entanto, levantou-se imediatamente e, cheia de maus presságios, correu para casa. Do portão do jardim ela já podia avistar a multidão que se aglomerava diante da privada, gritando e batendo na porta. O que eles desejavam? Por que Ágika estava aos prantos, na varanda? E por que o major estava enfiando as suas roupas na mala entreaberta?

— Para mim, basta disso tudo! — urrava o major, com voz roufenha e expressão sofrida. — Ajude-me se não acabo perdendo o ônibus!

* * *

As abelhas zumbiam. Os malvaviscos exalavam o seu perfume. E o major Varró parou diante da porta fechada da privada. Andou de lá para cá no jardim, mas a porta não se abria. O major bateu na porta e Tóth tossiu, levemente. O major voltou ao quarto. Ágika já estava depenando a segunda galinha quando o major reapareceu e — com um pouco de pressa, como antes — tomou o rumo da privada. Bateu na porta. Tóth tossiu. O major retornou.

Ágika percebeu um desapontamento no rosto do major e achou que seria de bom-tom dizer algo. E disse o seguinte:

— Que tempo bonito!

O major resmungou qualquer coisa.

— Temos sol, mas não faz muito calor.

O major não resmungou mais. Retornou ao quarto. Quando voltou da privada, pela terceira vez, sem poder fazer as necessidades, estava amarelado e com as pálpebras ensanguentadas. Ágika deu um sorriso.

— Será que eu posso perguntar uma coisa ao senhor, major?

O major parou e olhou firme.

— Gostaria de saber se o senhor major também, de vez em quando, sem motivo algum, fica assim desanimado, triste, e, outras vezes, acaba ficando assim, alegre, e consegue rir e divertir-se com qualquer coisa.

O major não deu uma resposta definida; correu irado para o quarto.

Ágika ficou assustada. Sentia o peso da responsabilidade; precisava agir sem demora. Correu, apressada, e trocou a blusa leve de verão, de gola alta, por outra, uma blusinha azul-clara, debruada, cuja gola ela podia dobrar de tal modo que as formas bojudas de seu corpo começavam a insinuar-se. O cabelo, que usava sempre trançado, ela soltou.

Quando o major retornou do jardim, novamente, sem ter satisfeito as necessidades, Ágika, vestindo aquela blusa provocante e com uma cabeleira loura ondulante, esperava por ele. Postou-se diante do major.

— Agora, eu gostaria de pedir-lhe uma coisa, senhor major — disse com o sorriso mais radiante.

O major estacou. Mordeu ferozmente a própria dentadura. Isso poderia ser interpretado (sem muito sucesso) como retribuição ao sorriso da jovem.

— Gostaria de pedir-lhe que o senhor olhasse para mim e fizesse a gentileza de dizer a primeira coisa que lhe vier à cabeça.

Ela fechou os olhos. O coração palpitava. O peito aqueceu-se. Ela própria não sabia o que estava aguardando, mas aguardava.

Primeiro, ouviu um ranger de dentes do major. Isso podia ser interpretado como um gesto sanguinário. Mas poderia ser explicado de outro modo também. Mas, então, o major formulou a seguinte pergunta:

— Quem, diabos, está dentro daquela privada fedorenta?

Os olhos de Ágika abriram-se. O medo dilatou-lhe as pupilas.

— Se o seu prezado pai deseja fazer birra — gritou o major, com voz ameaçadora —, deixe que eu mostrarei para ele com quem está lidando!

Voltou para o quarto. Arrancou a mala e começou a enfiar as suas coisas, às pressas. Ágika perdeu a cabeça, e saiu correndo para pedir ajuda.

Lá fora, as pessoas faziam o seu passeio dominical. Claro, logo muita gente acorreu, mas ninguém conseguiu compreender coisa alguma das explicações que a mocinha tentava dar-lhes. Quem estava sentado ali, na privada? E por quê? Quem desejava ir embora por causa disso? E por quê? No final das contas, concluíram que para-quedistas inimigos estavam entrincheirados naquele barracão. Cercaram a privada e começaram a proferir xingamentos, de longe, é claro. Aqueles que sabiam alguma palavra em inglês, xingavam em inglês.

Quando Mariska chegou em casa, apavorada, a primeira coisa que fez foi mandar embora aquela multidão de visitas indesejáveis. Em seguida, bateu na porta da privada. Começou a esmurrar a porta, mas a resposta foi uma leve tossida.

Ela correu em busca do major. Rogou-lhe, com as mãos em posição de prece, que ele tivesse um pouco de paciência. Depois, saiu de casa correndo e foi tocar a campainha da residência do professor Cipriani.

* * *

O especialista em doenças nervosas, de fama europeia, apreciava muito a família Tóth. Suas camisas, somente Mariska podia lavar. Seus sapatos e chapéus, ele pedia para Tóth usar durante uma ou duas semanas, para que se amoldassem melhor ao próprio corpo.

Cipriani estava, justamente, fazendo a sua sesta dominical. Mas levantou-se, atencioso, foi à casa dos Tóths e bateu na porta da privada com os próprios punhos.

— Sou eu, prezado Tóth. Gostaria de conversar um pouco com o senhor.

Tóth sequer protestou. Saiu da privada; cedeu lugar ao major; seguiu o professor, obediente, que o conduziu ao escritório, examinou-o, meticuloso, e bateu-lhe nas costas, satisfeito.

— O senhor tem um organismo que merece os parabéns. Mas, assim mesmo, conte-me as suas queixas, meu caro Tóth.

Com aquela testa alta, a barba prateada pontuda, o olhar do professor despertava tanta confiança que Tóth lhe abriu o coração com prazer.

— Não tenho queixa alguma, respeitável senhor professor. A única coisa que eu não consigo compreender é o que eles desejam de mim, porque, em verdade, fiz tudo o que podia. Puxei o capacete sobre os olhos, como um carroceiro bêbado. Desacostumei-me de bocejar e de espreguiçar-me; desisti até de enfiar-me debaixo da cama do pároco, e olhe que isto custou-me bastante. Reconheci que a vida do Gyula está em jogo e, por isso, eu nem mesmo acabo cuspindo a lanterna de bolso do major quando a colocam dentro de minha boca. O que mais se pode esperar de um pai? E qual é o problema de eu ficar sentado, à vontade, ali na privada?

— É interessante: quer dizer que o fato de o senhor colocar a lanterna de bolso na boca provoca-lhe disenteria? — observou o especialista em doenças nervosas de fama europeia.

— Minha digestão é completamente normal, respeitável professor. Eu só fico ali, sentado na privada, porque é agradável. Ninguém me amola, os insetos ficam zumbindo, e, quando passo o trinco na porta, sinto-me, de fato, como se estivesse no colo de minha mãe... Então, por que ficam batendo na porta? Será que tem algum mal em ficar sentado ali? É crime? Ou será uma doença qualquer?

— Doença coisa nenhuma! — sorriu o professor. — É um sintoma, meu caro Tóth... E faz tempo que o senhor gosta de ficar sentado na privada?

Não, não, disse Tóth; esse hábito ele havia adquirido há poucos dias. Quer dizer, pensando melhor, começou a apreciar o local em questão desde que o prezado hóspede chegou.

— Bem que eu suspeitava! — acenou o professor com a cabeça. — Posso pedir-lhe que o senhor fique em pé por um instante, meu caro Tóth?

Tóth levantou-se. O professor mediu-o de alto a baixo.

— Meu caro Tóth, qual é a sua altura?

— Imagino que um pouco acima da média.

— E o nosso prezado hóspede é mais baixo do que o senhor?

— Na melhor das hipóteses, ele chega até o meu ombro.

— É este o problema, meu caro amigo — constatou o professor de renome mundial. — Vocês dois são vítimas desta diferença. Eu sei quanto o senhor ama o seu filho, mas o senhor não pode ficar exigindo de um major que ele fique olhando, o dia todo, para cima, para contemplar o seu anfitrião. Reconheça que nem mesmo o senhor suportaria uma coisa destas.

— Reconheço — disse Tóth. — Mas, infelizmente, não posso fazer nada quanto à minha estatura.

O professor sorriu. Era possível curar doenças mais graves, já que, nos dias atuais, a peste cessou de existir, a raiva pode ser tratada, a febre dos recém-nascidos também tornou-se uma simples lembrança. Queixas como esta podem ser remediadas facilmente... O mais simples seria colocar o major sobre um banquinho. O argumento contrário é que ele poderia cair, poderia machucar-se (o que acabaria estragando as férias dele), e isso teria consequências imprevisíveis... Portanto, ele recomendava que Tóth renunciasse ao conforto, durante esse curto espaço de tempo...

— Eu deixo até de respirar, com prazer — declarou Tóth. — Mas, ainda assim, continuarei sendo mais alto do que o major.

— Se o senhor dobrasse as articulações de seus joelhos, deixaria de ser mais alto do que o major imediatamente.

Tóth ficou estupefato.

— Se eu dobrasse as articulações dos joelhos? — repetiu com expressão parva.

— Mas isso não é nada para o senhor, meu caro Tóth.

— Mas temporariamente ou em caráter permanente?

O professor ponderou que não faz bem para o organismo de uma pessoa se ela altera, constantemente, a postura do corpo. Aconselhava, portanto, que Tóth encolhesse as pernas inclusive quando estivesse dormindo. Assim, essa posição tornar-se-ia uma espécie de segunda natureza dele.

Tóth ficou pensativo.

— Não, eu não consigo fazer isto — disse, em seguida.

— Não se deixe vencer pela vaidade! — advertiu o professor. — Pense no seu filho. O que será pior: encolher as pernas ou deixar o comandante do Gyula com raiva do senhor?

Este foi um argumento decisivo. Embora o sentimento interior de Tóth ainda protestasse, ele não conseguiu apresentar qualquer argumento contrário. Deu um suspiro e, lentamente, dobrou as pernas, o que o tornou uns vinte centímetros mais baixo.

— Assim está bom?

— Está! — disse o professor. — Mais do que isto nem o maior major do mundo tem o direito de exigir.

— Mas se o senhor achar que devo, eu posso encolher as pernas mais um pouquinho.

— Não se canse — disse o professor. — É melhor a gente ver se o senhor consegue andar nesta posição.

Fizeram a tentativa. Ele havia conseguido andar. E correr, será que conseguiria? Conseguia. Levantar-se, sentar-se, subir na escada da estante de livros... Tudo corria às mil maravilhas.

— Agora, o senhor pode ir para casa sossegado — disse o famoso especialista em doenças nervosas. — O senhor vai ver a recepção que terá.

A ideia de ir para casa acabrunhou Tóth. Da janela, podia ver os habitantes de Mátraszentanna fazendo o seu passeio dominical. Ele conhecia todas as pessoas. Todos conheciam-no também. E por mais que os observasse, não notava ninguém com as pernas encolhidas.

— Eu não vou desfilar pelas ruas assim, prezado senhor

professor — disse determinado. — As pessoas ficarão apontando para mim na rua!

— Não seja tão convencido, meu caro amigo — meneou a cabeça o professor Cipriani. — O senhor acha que é o único? Está enganado, meu caro Tóth. No mundo de hoje, todas as pessoas veem-se obrigadas a fazer sacrifícios.

Queixas como as dele são quase comuns no cotidiano dos especialistas em doenças nervosas, tranquilizou-o Cipriani. Todas as épocas têm a sua doença da moda. Na atualidade, o fenômeno comum é que ninguém está satisfeito com o próprio corpo. A maioria das pessoas gostaria de parecer uns vinte centímetros mais baixa. A ciência médica está impotente, porque, para isso, não há medidas exatas; a única coisa que importa é o que cada pessoa, assim, subjetivamente, acha da própria estatura. A *Acta Medica Hungarica* publicou um artigo sobre um professor judeu (com uma cintura de 110 centímetros) que costumava sair de casa, regularmente, pelo buraco da fechadura, e voltava para casa da mesma maneira. Se ele não fosse impedido pela ética médica, poderia citar um número elevado de exemplos, a partir de sua própria experiência. A única coisa que poderia assegurar a Tóth era que, dobrando os joelhos, estaria fazendo o menor sacrifício de que seria capaz, em benefício do filho.

— Vamos fazer um teste — sugeriu. — Dê uma volta assim, com as pernas encolhidas, e observe a reação das pessoas... Se o senhor ficar mais tranquilo, posso acompanhá-lo.

Tóth aceitou a honrosa proposta. Começaram a andar justamente onde havia mais pessoas passeando. E o que houve? Não houve coisa alguma. As crianças cumprimentaram-no com o máximo respeito; os adultos, com cordialidade, e havia aqueles que se detinham para perguntar da saúde dos familiares ou do hóspede. Apenas uma vez ouviram uma gargalhada estridente, semianimalesca.

Era o tio Gyuri, o carteiro amalucado, que até então idolatrava Tóth. Agora, correu em volta dele, de gatinhas, ladrando feito um cachorro.

O professor fez um gesto:

— O que o senhor esperava dele? Esteve três vezes em minha clínica, mas não podemos fazer nada por ele — disse, sorrindo.

Despediu-se de Tóth, porque não havia mais razão para acompanhá-lo. Os transeuntes não perceberam coisa alguma; ao contrário, parecia que o tratavam com respeito maior do que o habitual... Assim, por exemplo, o príncipe de Luxemburgo (até então, o máximo que fazia era retribuir-lhe o cumprimento), que passeava com os seus galgos, parou, escancarou os dentes, e, dedo em riste, assim, em tom jocoso, disse em péssimo húngaro:

— Fossê echtá pachiando, pachiando? Correnda atraiz da molhierez?

Se isto não bastasse para Tóth, a recepção que receberia em casa poderia tranquilizá-lo, em definitivo. Mariska recebeu-o com o mesmo sorriso de sempre. Ágika não percebeu coisa alguma, embora ela sempre notasse até um fio de cabelo no pai. O máximo que aconteceu foi o fato de o major encará-lo, durante um instante, quando saiu do quarto, recém-barbeado, exalando um aroma de água-de-colônia.

— Diga, por favor... O que houve com o senhor?

— Não houve nada — disse Tóth.

— Não sei, não — observou o major, medindo-o cismado. — Parece que o senhor ficou uns vinte centímetros mais alto!

Tóth tinha a impressão de que havia encolhido uns vinte centímetros. Mas o mais importante era o fato de o hóspede parecer satisfeito com a metamorfose. O prognóstico do professor Cipriani tornou-se realidade. Ninguém percebera, agora, antes ou depois, que Tóth andava com as pernas encolhidas.

Os outros estavam felizes, mas ele gostaria, ao menos, de estar satisfeito. Era o máximo, ou o mínimo, que se poderia desejar. Quando se sentavam à mesa, o hóspede brindava Tóth com efusivas demonstrações de gentileza e amizade. O anfitrião, no entanto, ficava ali sentado com expressão teimosa, beliscando a refeição, e, num piscar de olhos, a sua cadeira já estava vazia.

Mariska ia até à porta que dava acesso à varanda.

— Lajos! — gritava. — Onde você está, meu querido e bom Lajos?

Apenas uma tossezinha discreta, vinda lá dos arbustos de malvavisco.

* * *

Durante algum tempo, deixaram Tóth em paz.

Certo dia, quando já era a metade da tarde e Tóth ainda não havia dado demonstrações de estar disposto a reaparecer, Mariska tentou aconselhá-lo melhor. Primeiro, formulando pedidos; depois, tentou convencê-lo com argumentos inteligentes. Entretanto, ao ver que nem mesmo isso fazia efeito, perdeu a paciência:

— Vou contar até três, e se você não sair, chamarei um chaveiro! — gritou para o marido, numa voz estridente com que jamais havia se dirigido ao marido.

Era como se ela estivesse falando para as paredes. Tóth continuava emudecido.

E o que fazer? Mariska postou-se, angustiada, diante do major, e, balbuciando, comunicou-lhe a obstinação do marido.

— E eu que já estava pensando que o prezado senhor Tóth estava com o intestino desarranjado! — respondeu o major, elevando a voz. — Quer dizer que ele permanece naquele lugar por uma simples questão de satisfação pessoal?

Mariska reconheceu o fato, sem meias palavras. Mas se ela achava que o hóspede iria revoltar-se, ou, pelo menos, ofender-se, iludiu-se. O major estava visivelmente eletrizado. Queria saber se Ágika estava com tempo livre, e, em caso positivo, se estava disposta a acompanhá-lo ao restaurante que pertencera aos Kleins para buscar uma garrafa de cerveja gelada. Pediu dois copos e o abridor de garrafas. Depois, munido com os copos, a garrafa e o abridor, bateu educadamente na porta da casinha.

— Não pense, meu caro senhor Tóth, que estou querendo arrancá-lo daí. Vim simplesmente fazer-lhe uma visita. Trouxe uma garrafa de cerveja gelada. Espero que o senhor goste de cerveja clara.

— Gosto de qualquer espécie de cerveja — disse Tóth.
— Se o senhor não se incomodar com o tamborete modesto, tenha a bondade de sentar-se.

Espremeu-se no canto e passou a desculpar-se pela falta de espaço. Por sorte, embora apertados, podiam arranjar-se ambos. Colocaram a garrafa de cerveja no chão, junto aos pés, mas era necessário segurar os copos na mão.

Durante os primeiros minutos que passaram juntos, Tóth sentia-se tenso, de certo modo, o que, afinal de contas, é natural, porque jamais antes ele teve a oportunidade de estar trancado, num espaço tão apertado, com uma pessoa de função tão elevada.

Tóth justificava-se pelo fato de o recinto ser bastante rudimentar. É, não adianta, não se pode esperar muito mais de uma aldeia.

O major tranquilizou-o, afirmando que, para as suas pretensões, aquele quartinho apertado era perfeitamente adequado.

Tóth sentia remorso por não ter mandado limpar a fossa, embora o aparelho de sucção já tivesse estado ali. Mas foi o dono do barril quem desaconselhou a limpeza.

Por que seria preciso limpar a fossa? Será que ele se mostrava um hóspede tão exigente, perguntava o major.

Não. O major não é absolutamente exigente, mas é que outros hóspedes também já haviam se queixado do cheiro.

Meneando a cabeça, o major constatou que Tóth ainda não conseguira conhecê-lo direito. Mas, se estava bem lembrado, desde que havia chegado não se queixou de uma única coisa sequer, muito menos da privada, que atendia, perfeitamente, a todas as exigências.

— Bem — disse Tóth com a modéstia habitual —, mesmo que não consigamos oferecer grande coisa aos nossos hóspedes, pelo menos nós nos esforçamos nesse sentido.

— Eu, se estivesse no lugar do senhor, nem sairia daqui — afirmou o major.

— É mesmo — disse Tóth. — Só quando fosse realmente necessário.

— O senhor é um homem inteligente! Diga, o senhor está ouvindo o farfalhar da folhagem?

— Estou.

— E o que é este zumbido?

— É um inseto.

— E como se chama?

— Mosca-de-carne verde.

— Bonito nome!

Durante certo tempo, eles ficaram ouvindo o zumbido da mosca-de-carne verde. É uma antiga experiência de vida, mas os melhores momentos também chegam ao fim.

— Infelizmente, eu preciso ir — disse o major, levantando-se do tamborete. — Fique à vontade, meu caro Tóth.

— Agradeço muito a sua honrosa visita, respeitável senhor major.

— No começo, houve entre nós alguns desentendimentos insignificantes, mas, felizmente, agora tudo isso já passou — observou o hóspede.

— Graças a Deus! Mas tenha a bondade de visitar-me aqui outras vezes — disse Tóth erguendo-se.

— Sempre que eu puder... Será que nos veremos logo mais, quando fabricarmos caixas? — interessou-se o major.

— Naturalmente.

— Divirta-se! — despediu-se o major. — Eu, por outro lado, saio daqui com a agradável impressão de que, nestes tempos difíceis, quando ninguém consegue saber qual é o seu devido lugar, o senhor, pelo menos, está justamente ali onde deveria estar!

* * *

Os últimos dias das férias do major Varró transcorreram monótonos, sem quaisquer acontecimentos extraordinários. Todos estavam satisfeitos. Quando podiam dormir, dormiam. Quando precisavam fabricar caixas, fabricavam caixas. Instalou-se uma situação de equilíbrio.

De qualquer modo, é preciso observar, pelo menos a título de curiosidade, que Lajos Tóth ficou interessado na fabricação das caixas. Fazia aquela tarefa obrigatória com tamanha ambição que, em pouco tempo, as melhores caixas saíam de suas mãos. Elas passavam de mão em mão; examinavam-nas, admiravam-nas.

— Olhem só o papai! — entusiasmava-se Ágika.

— Quem diria, não é? — dizia o major, balançando a cabeça.

— Está vendo, meu querido e bom Lajos? Com um pouco de boa vontade, é possível operar milagres — acrescentava Mariska.

A família Tóth, é óbvio, pagava o preço daquela situação de equilíbrio. Todos definhavam por causa da impossibilidade de dormir, devido à angústia constante e à tensão nervosa a que não estavam habituados. Mariska, por exemplo, por mais que se policiasse, deixava tudo cair das mãos. Às vezes, chegava a adormecer em pé, de olhos esbugalhados, feito galinha hipnotizada em função de uma experiência qualquer.

Ágika não deixava nada cair de suas mãos. Entretanto, derrubava coisas, tropeçava. Certa vez, quando ficou com o pai num recinto escuro, trombaram-se várias vezes. Mais ainda: assim que acenderam as luzes, bateu de cara com ele.

— Desculpe — disse, recuando e derrubando a tábua de passar e rumando, novamente, na direção do pai. Tóth, embora tivesse espaço para desviar-se, também partiu na direção da filha. Trombaram como duas locomotivas. Parece que haviam chegado àquele grau da exaustão em que a escuridão não se diferencia da claridade.

Tóth mal aparentava o péssimo estado em que se encontrava, embora passasse aqueles quatro dias num estado de aturdimento barulhento. Mas esse fato apenas conseguia arrancar dele sinais semelhantes aos da fraqueza senil, desprovida de majestade. Era preciso gritar com ele, porque sua audição desaparecera. De vez em quando, esquecia-se de engolir a comida e um naco de carne ficava em sua boca, da noite anterior até à manhã seguinte. Trocava algumas tarefas cotidianas: tentava pentear os cabelos com uma garrafa de água ou, durante o jantar de despedida do major, enquanto apanhava a sopa de galinha com a colher, teve a impressão equivocada de não estar tomando sopa, mas que já fumava o seu charuto. Uma vez que Tóth costumava tragar o charuto e soltava a fumaça pelo nariz, os comensais, num determinado momento, haviam percebido que ele expelia, pelas narinas, arroz, ervilhas, cenoura e os famosos nhoques de semolina feitos por Mariska.

Mas ninguém mais ligava para esses sobressaltos insignificantes. Uma única coisa era importante: que o hóspede se mostrava satisfeito, bem-humorado, com os nervos equilibrados e que, durante aquelas quatro semanas, ele havia engordado quatro quilos.

Isso tudo acabou sendo cristalizado naquelas palavras que o major pronunciou à tarde, quando esperavam o ônibus e ele já se despedia:

— Acreditem-me, meus caros Tóths, não tenho a mínima vontade de ir embora.

Mariska deu um longo suspiro, mas isso era provocado pela alegria.

— Nós também sentimos muito o fato de precisarmos despedir-nos do prezado senhor major — disse ela.

— E, com o senhor, meu caro Tóth, eu estou muito satisfeito. Mas tome cuidado para não voltar a cometer os seus antigos erros! — observou o major.

Tóth encarava-o com uma face desprovida de qualquer expressão e resmungou algo entre os dentes. Mariska, que estava mais perto do marido, interpretou aquelas palavras do seguinte modo:

— Você deveria cagar-se nas calças!

Se ela escutou bem, continua sendo uma grande dúvida, porque o ônibus chegava barulhento, oprimindo todos os demais sons.

O ônibus estacionou. O major apertou as mãos de cada um. Beijou Ágika na testa.

— Adeus! Sinto-me como se tivesse iniciado uma nova vida no lar hospitaleiro de vocês. Não sou um homem de muitas palavras. Prefiro demonstrar minha gratidão com gestos.

A família Tóth estava paralisada de emoção. O major subiu no ônibus e ainda enfiou a cabeça para fora da janela:

— Novamente, muito obrigado pela hospitalidade.

— Estamos contentes que o senhor tenha se sentido bem.

— Tudo de bom, meus caros!

— Boa viagem, senhor major!

O ônibus partiu. O major gritou ainda:

— Espero não ter incomodado.

Os três acenavam e gritavam: não, claro que não incomodou!

O ônibus desapareceu na curva. A família Tóth ainda acenava, mas o sorriso despencou do rosto de cada um, assim como se apagam três velas, uma após a outra.

Tóth permanecia estático. Ainda estava com o braço erguido e ainda espiava a curva da estrada, como se temesse que o ônibus pudesse retornar, inesperadamente, e o major descesse do ônibus, e tudo pudesse recomeçar. Uma vez que isto não aconteceu, Tóth conseguiu tranquilizar-se.

Primeiro, ele tirou o capacete, recolocando-o sobre a cabeça de tal modo que o eixo vertical de seu corpo formava um ângulo de 90 graus com o eixo horizontal do capacete. Depois, tentou desencolher as pernas.

— Ajude-me, Mariska — disse, porque os seus joelhos já haviam se paralisado naquela posição encolhida. Foi necessária a ajuda da mulher e da filha para que Tóth pudesse, finalmente, endireitar-se. Então, ficou em posição ereta e, de mãos dadas com as suas queridas, rumou para casa, de cabeça erguida, com passos firmes e orgulhosos.

Chegando em casa, Tóth nem se deu ao trabalho de olhar coisa alguma. Dirigiu-se direto para a guilhotina nova. Aquele aparelho desengonçado mal saía pela porta. Carregou o objeto até a privada, junto aos arbustos de malvavisco. Quando regressou, e conseguiu acalmar a respiração, declarou:

— Daqui por diante, tomaremos o café da manhã pela manhã, jantaremos à noite e dormiremos durante a noite também. Será que vocês me entenderam?

— Faremos tudo o que você quiser, meu querido e bom Lajos — disse Mariska com o seu sorriso mais amoroso.

E foi isso o que aconteceu. Quando anoiteceu, eles jantaram. Em seguida, Tóth arrastou a sua cadeira de braços até à porta. Mariska esgueirou-se junto ao marido, carregando a filha, que se grudou ao pai como um cipó. Passaram alguns minutos assim. A noite estrelada de agosto brilhava sobre a cabeça deles. E o monte Bábony, como um pulmão verde gigantesco, exalava seu ar noturno refrescante. Logo mais, chegaria o inverno... Aquele inverno russo terrível, com ventos violentos, um frio de rachar. Mas os escritórios dos batalhões costumam ser bem aquecidos; os comandantes ficam instalados em casas de alvenaria que, principalmente à noite, têm a guarda redobrada, enquanto os ocupantes da casa dormem. Assim, é muito provável que aqueles poucos que têm privilégios dessa natureza estejam a salvo de quase tudo.

* * *

Inventário

Redigido no hospital de campanha de Gomiél pelo segundo-tenente Károly Kincs, tendo como testemunhas os cabos I. Koroda e D. Boglár, e referente aos bens móveis pertencentes ao alferes Gyula Tóth, excluídos os bens pertencentes ao Tesouro Público:

Denominação:	Descrição:
1 (uma) ceroula de seda	—
1 (um) lenço	tecido xadrez
carteira de couro, dinheiro	38 pengö e 60 fillér
1 (um) lápis-tinta	—
1 (uma) fotografia	1 homem + 1 mulher
20 (vinte) cigarros Honvéd	—

(Data, assinaturas)

(Diluído no barril de águas pluviais)

* * *

Mariska sorriu para o marido.
— Você deve estar cansado. Vamos deitar, meu querido e bom Lajos.
— Eu só vou fumar um charuto — disse Tóth.
Mariska foi buscar o charuto correndo. Ágika trouxe os fósforos. Tóth aspirava a fumaça e deliciava-se. Apreciava os pequenos prazeres da vida. Sentia-se tão bem agora que deu uma espreguiçada, as suas juntas estalaram, e ele suspirou:
— Ai, minha mãe, minha pobre e boa mãezinha!
Naquele mesmo instante, ressoaram alguns passos que se aproximavam. A família Tóth olhou surpresa. O major Varró estava ali, à porta da varanda, com a mala na mão, rosto iluminado, sorriso largo.
— Vejo, meus queridos Tóths, que vocês nem podem acreditar naquilo que estão vendo. Mas é verdade! — disse.
Tóth soltou um som estranho, semelhante ao de um estouro. Não era um som humano. Parecia mais a última bolha de ar de um sujeito que está se afogando num poço. Mas não conseguiu articular uma única palavra.
Ninguém conseguia dizer coisa alguma. Fitavam o major com olhos esbugalhados.
— Eu queria mandar carimbar o meu documento da licença, em Eger, mas a direção da estação ferroviária brindou-me com a agradável notícia de que os guerrilheiros explodiram uma ponte e, por isso, não haverá trem algum durante três dias...
Sorriu para Tóth, para a senhora Tóth, para Ágika.
— Já que estava tão difícil aquela nossa despedida, pensei em passar esses três dias aqui, com vocês... Espero não estar incomodando.

Nem agora a família Tóth conseguia pronunciar uma única palavra. O major levou a mala para o quarto, voltou e, tremendo de vontade para começar a agir, disse:

— Se não houver objeções, poderíamos fabricar algumas caixas...

Calou-se. Olhou em volta.

— Mas que coisa: e onde está aquela guilhotina nova, meu caro Tóth?

Tóth tentou responder, mas só conseguiu fazê-lo na terceira tentativa:

— Levei a guilhotina lá para baixo, para o jardim, respeitável senhor major.

— Por quê? E para onde? — estranhou o major.

— Não, levei ali, até o malvavisco — disse Tóth, prestimoso. — Faça a gentileza, mostrarei agorinha mesmo.

Desapareceram ambos na escuridão.

Mariska e Ágika ficaram ali, em pé, com os olhos fixados na escuridão. Não se enxergava coisa alguma. Durante certo tempo, não aconteceu nada. Um pouco mais tarde, puderam ouvir um som opaco. Estremeceram. Depois, o braço da guilhotina bateu novamente. Estremeceram de novo com aquele som. E estremeceram com o terceiro também.

Nova pausa. Tóth regressou então.

— Por que vocês estão aqui, paradas? — perguntou. — Vamos dormir.

Fizeram as camas. Despiram-se. Enfiaram-se na cama.

Mariska apagou a luz. Deitou-se também. Ficou calada durante algum tempo. Depois, perguntou amedrontada:

— Você cortou-o em três pedaços, meu querido e bom Lajos?

— Em três pedaços! Não... em quatro pedaços iguais. Vai me dizer que não fiz bem?

— Fez bem, sim, meu querido e bom Lajos — disse Mariska. — Você sempre sabe como as coisas devem ser feitas.

Estavam deitados, calados, virando-se na cama. Estavam tão cansados que, finalmente, acabaram vencidos pelo sono. Tóth, no entanto virava-se, gemia, batia com as pernas e quase chegou a cair da cama, enquanto dormia.

Será que ele estava tendo algum pesadelo? Isso nunca tinha acontecido antes.

A EXPOSIÇÃO DAS ROSAS

> "A morte não é uma das experiências da vida;
> a morte não pode ser vivida."
>
> Wittgenstein

> "A morte é a única musa."
>
> Dezsö Kosztolányi

Exmo. Sr. Ministro,

Devo pedir-lhe que me perdoe por estar me reportando a um estadista destacado e responsável, como o é V. Exa., para tratar de assunto de aparência insignificante. Entretanto, faz três anos que estou trabalhando como diretor-assistente da emissora de televisão sem que uma única tarefa de relevo me tenha sido confiada. Aliás, toda vez que sugiro algo, isso acaba sendo descartado. Assim, por exemplo, nem o meu documentário, intitulado *E assim morremos nós*, acabou obtendo permissão para ser filmado. Na opinião deles, a morte nem chega a representar um tema, porque todos têm medo dela; segundo a minha opinião, nós a tememos justamente porque jamais chegamos a falar a seu respeito e, desse modo, desconhecemo-la. Desde que o número de fiéis minguou e perdemos o consolo da existência de um outro mundo, a única coisa que nos resta fazer é, impotentes e desinformados, imaginarmos aquilo que somos incapazes de evitar como sendo um terror estupefaciente.

Para que serve esse silêncio todo? Lucra-se pouco com ele, e os prejuízos são maiores ainda. No passado, as coisas eram bem diferentes. De um lado, porque as pessoas nutriam esperanças na ressurreição; de outro, porque a maioria acabava falecendo em casa mesmo, rodeado de parentes e amigos. Hoje em dia, o ato da morte transcorre entre as paredes de um hospital e, na pior das hipóteses, o instante de nosso último suspiro acaba sendo presenciado por um médico ou uma enfermeira, absolutos estranhos para nós. Objetivamente, sob a perspectiva da atenção conferida ao paciente, isso pode ser mais benéfico; subjetivamente, contudo, sob o ponto de vista do homem que está encarando a morte, é muito mais assustador. É assaz paradoxal que a morte se tenha transformado em conceito mítico no interior da sociedade moderna, embora se trate de um elemento orgânico da própria vida, seu final necessário, o estímulo de todas as obras e atividades criativas do homem e do próprio progresso.

Gostaria muito de poder romper esse círculo vicioso através da exibição, na televisão, das horas finais de três pacientes desenganados. Eu havia, inclusive, encontrado três pessoas que se apresentaram como voluntários para o papel, como convém, diga-se de passagem, aos indivíduos esclarecidos. Devo sublinhar: voluntários, mas o serviço deles não seria gratuito. Todos os três desejavam deixar para os seus sobreviventes um auxílio material.

Esse fato complica as coisas. De acordo com as normas vigentes, a emissora de tevê está autorizada a pagar honorários apenas para o trabalho criativo ou para os atores, e, verdade seja dita, a morte não pode ser encarada como representação. Este é outro ponto para o qual também requeiro o honroso apoio de V. Exa.

Estou convencido da importância de meu filme. A televisão é o primeiro veículo da História das Artes que nos oferece a possibilidade de apresentar, aos espectadores, pacientes que sofrem de doenças incuráveis, de tal modo que a filmagem de seus momentos mais dramáticos pode tornar-se um bem público para milhões de pessoas. Gostaria de levar minha tarefa a cabo com tato suficiente para evitar todo e qualquer efeito chocante, sem ofender a sensibilidade ou o bom gosto dos espectadores.

O meu chefe imediato — e os superiores dele também — negou-se a autorizar que eu rodasse o filme, alegando razões de cunho material e ideológico. Eu, contudo, confio que um estadista responsável e importante como V. Exa., observando os fatos a partir de sua larga visão, descortine o significado moral e o impacto educacional que um filme desse tipo pode oferecer. Se conseguir convencer V. Exa. a respeito da importância de meu projeto, faça o obséquio de envidar todos os esforços que estejam a seu alcance para torná-lo realidade.

Na esperança de uma resposta positiva, subscrevo-me,

Respeitosamente,

Iron Korom
Diretor-assistente

* * *

Iron não recebeu resposta alguma. Começou a abater-se. Estava disposto a convidar qualquer um para beber aguardente de ginja na lanchonete da emissora, a fim de dar vazão à frustração, mas não obteve a compreensão de quem quer que fosse. Suicídio puro e simples, diziam-lhe todos, porque, entre nós, torna-se impossível transformar esse tema em documentário.

Acabou brigando com quase todos por causa desse assunto e, a partir daí, viu-se obrigado a beber sozinho. Certo dia, porém, quando já tomava a quarta dose de aguardente de ginja (e isso por volta das onze horas da manhã), Ularik sentou-se à mesa.

— Bebendo, meu velho? Então é por isso que espero você em vão — observou Ularik.

— Espera o quê?

— Mas você fala como um neófito. Você sabe muito bem que eu preciso da sinopse, da câmera, do operador, da requisição para o estúdio, da equipe...

— Mas que equipe? — espantou-se Iron.

— Para o documentário intitulado *E assim morremos nós*.

— Aquele que você proibiu?

— Você sabe bem que aqui, entre nós, inexistem proibições. A única coisa que não me agradou foi o título. Mas teremos tempo para discutir esse assunto.[1]

— Tirando isso, então, você sugere que o documentário seja feito?

---

[1] O chefe de seção Ularik venceu a discussão. Em vez de *E assim morremos nós*, considerado excessivamente triste, o documentário foi apresentado sob o título de *A exposição das rosas*.

— Sim, claro, acho correto e consegui isso para você. Será que você nem me agradece?

— Obrigado.

— Quem deve ser o seu operador de câmera?

— Para mim, tanto faz, desde que não fale muito.

— Você vai ter um que é praticamente surdo-mudo. Quantos dias de gravação serão necessários?

— Não faço a menor ideia.

— Como assim? Mas nós temos cronograma, elaboração de orçamento, o problema da lotação do estúdio...

— Eu, no entanto, não posso ordenar às pessoas que morram segundo os planos de vocês.

— Mas eu preciso dizer algo aos meus superiores.

— E você fala a respeito deles o tempo todo! Faça chegar ao conhecimento deles que eles também terão a sua vez: um certo dia, eles também darão o seu último suspiro. Será que eles nem querem saber como é que isso acontece?

— Eu só preciso de um prazo. Um mês? Dois? Um ano?

— Não sei. Quando o meu último personagem morrer, o filme estará pronto.

— Jamais vi uma coisa dessas, mas parece que rapazes como você podem tudo. Bem, quando é que você começa?

— Assim que eu tiver o que preciso.

— Anote tudo, e você terá amanhã.

— Então, amanhã.

* * *

— É da residência dos Darvas?

— Sim.

— Gostaria de falar com Gábor Darvas.

— Quem deseja?

— Iron Korom, da televisão.

— É o senhor? Lamentavelmente, meu marido faleceu na semana passada. O enterro foi na terça-feira.

A exposição das rosas

— Aceite, minha senhora, meus sinceros pêsames.
— Obrigada. Mas onde é que o senhor foi parar? O pobre Gábor e eu chegamos a falar muito a seu respeito.
— Só agora consegui autorização para gravar o programa.
— Que pena! Mas, diga, o senhor faz questão que seja o meu marido? Porque se eu servir, coloco-me à sua inteira disposição, com muito gosto.
— Como assim?
— Vou dizer-lhe com sinceridade: aquele dinheirinho ajudaria muito agora. Se o senhor tiver interesse ainda na morte do Gábor, irei ao estúdio e contarei, de forma direta, diante das câmeras, o que aconteceu durante os últimos dez dias. Claro, seria melhor se o Gábor estivesse vivo. Não vá o senhor pensar que eu tenho vontade de aparecer diante das câmeras.
— Não, claro que não. Mas quando é que a senhora disporia de tempo?
— A qualquer hora, fora do meu horário de trabalho.
— Bem, então, amanhã, às sete da noite, espero a senhora na emissora.

* * *

Colocaram-lhe um pequeno estúdio à disposição naquela parte do prédio em que funcionava o parque infantil. O mau isolamento acústico deixava passar o som dos risos e da algazarra. Não faz mal, pensava Iron, porque esse pano de fundo vivaz fará bem ao tema lúgubre.

A viúva Darvas vestia luto. Colocaram-na sentada diante de uma cortina clara, sem cenário algum. Iron pediu-lhe que falasse olhando direto para as câmeras. Se se cansasse, ou se ficasse comovida, deveria fazer uma pausa.

— Não me comoverei e não farei pausa alguma.
Sentou-se. Iron trocou um olhar com o operador de câ-

mera de poucas palavras: tudo estava em ordem. Podiam começar.

E assim morremos nós, primeira parte. A senhora Gábor Darvas. Tomada.

* * *

— Meu marido faleceu há dez dias, depois de uma vida conjugal não muito feliz que durou dezessete anos. Eu vou até dizer o nome dele, embora tenham me recomendado discrição. Mas seria à toa, porque ele era tão destacado em sua profissão que todos os que o conheciam poderiam reconhecê-lo. O nome dele era Gábor Darvas. Cursamos juntos a faculdade. Eu formei-me professora de húngaro e francês; ele tornou-se um linguista e pesquisador especializado em línguas fino-ugrianas. Casamos quando cursávamos o terceiro ano. Durante muito tempo ficamos vivendo em casas alugadas. Conseguimos a nossa própria depois de oito anos, dois cômodos, moderna, mas apertada. Claro, poderíamos ter nos entendido bem se houvesse um pouco de harmonia entre as nossas índoles. Eu, infelizmente, com minha natureza comunicativa, fanfarrona e ávida de companhias, mal podia conviver com a seriedade, a casmurrice e a fúria com que Gábor trabalhava, e, com o passar do tempo, a convivência transformou-se em silêncio completo. De manhã, emudecido, ele engolia um café, já envolvido com o seu trabalho; ia para a universidade, almoçava no refeitório; à tarde, trabalhava na biblioteca; jantava um iogurte com pão e manteiga, e logo se sentava à escrivaninha. Explico, agora, essa correria toda, porque acho que talvez ele pressentisse o seu fim prematuro, e acabou se envolvendo tanto em seu trabalho, para que, depois do primeiro livro, que foi um grande sucesso profissional, pudesse terminar o segundo livro também. Mas ele não conseguiu isso, não por completo. Fazia muito tempo que se queixava de dores na nuca, mas nem queria saber de ir ao médico: tinha pena de desperdiçar tempo. A doença de que ele sofria, bem, isso já não é da conta da opinião pública. Por fim, ficou dois meses no hospital, em estado precário. Mas, quando lhe deram alta, a pedido dele próprio, as dores cederam, as tonturas escassearam, rejuvenesceu, sentia-se até melhor.

— Ele está curado? — perguntei ao médico. Houve uma longa pausa.

— Só ele acredita nisso — respondeu o cirurgião. — Seja forte, minha senhora. Fizemos tudo o que foi possível, mas acabou sendo tarde demais para submetê-lo a uma cirurgia, embora isso tivesse podido ajudá-lo. Só lhe restam algumas semanas. Nem posso prometer-lhe um mês inteiro.

Levei-o para casa de táxi. Mandou que parássemos junto à biblioteca da universidade, tomou alguns livros emprestados e, quando chegamos em casa, lançou-se ávido ao trabalho. Há muitos anos não conversávamos; se trocávamos palavras, eram apenas as necessárias. À noite, quando lhe levei o iogurte, pronunciou-se, inesperadamente.

— Escute-me, por favor. Você falou com o professor. Não me interessa a minha saúde, mas preciso de três meses exatos. Comunique-me o que ele disse.

"Comunico-lhe", "comunique-me", essas eram suas expressões habituais. Emudeci. O que é que eu poderia comunicar-lhe? Que ele não dispunha de três meses exatos? Não conseguia decidir-me. Para ganhar tempo, menti, dizendo que me haviam solicitado que fosse ao hospital no dia seguinte, porque o professor desejava avaliar o resultado dos exames.

— Amanhã, então, comunique-me aquilo com que posso contar.

Eu dispunha de um dia.

Poderia atormentar-me. Analisei tudo, os prós e os contras; depois, entrei no quarto e disse-lhe a verdade:

— Olhe, Gábor, divida o seu tempo sabendo que você só dispõe de algumas semanas.

Essa decisão, reconheço, merece explicação. Meu marido jamais teve reações impetuosas, nem sentimentais, nem coléricas, exceto a nossa paixão que se consumiu com rapidez em nosso tempo de estudantes universitários. Desde então, cessei de existir para ele; interessava-lhe apenas o trabalho, ou seja, a pesquisa estruturalista aplicada às línguas fino-ugrianas. Eu não entendo nada disso; portanto, eu sequer existia. Podia estar bem arrumada ou desleixada, saudável ou doente; podia receber convidados com os quais fazíamos barulho; podia ligar o rádio ou a vitrola; ele sequer erguia os olhos. De certo modo, ele próprio não possuía existência, pelo menos não no sentido usual da palavra. O organismo dele era apenas um aparelho utilizável tão somente para a execução de determinada tarefa; não possuía desejos, não tinha vontade de ir à praia, nas festas de Natal sequer se aproximava da árvore. Ele encarou o fato de que lhe restavam apenas poucas semanas como se o papel sulfite estivesse esgotado em todo o país, o que o impediria de concluir o livro. Passei em revista todas essas ideias durante aquele anoitecer e metade da noite, enquanto ele trabalhava até a madrugada.

No dia seguinte, após o almoço, puxei uma cadeira para junto da escrivaninha dele. Precisei chamá-lo duas vezes pelo nome até que prestasse atenção. Finalmente, encarou-me. Com muita dificuldade, pronunciei a sentença premeditada. Ele nem estremeceu. Os olhos voltaram-se, de novo, para o manuscrito que ele folheava e, depois, finalmente, percebeu-me, porque eu continuava sentada ali.

Não me entendam mal. Não estou me queixando. O primeiro livro, que já foi traduzido para três línguas, ele sequer chegou a mostrar-me no dia em que apareceu com os exemplares a que tinha direito. Fez muito bem. Afinal, eu não entenderia uma única palavra daquilo. Nem por isso eu fui infeliz ao lado dele, porque nem era menosprezada, nem era maltratada. A indiferença, por outro lado, não provoca dor, apenas um sentimento de carência. Pode ser que isso soe estranho, mas, pela primeira vez num decênio e meio, tive êxito junto dele com aquela minha comunicação.

— Agradeço a sua sinceridade — disse calmo, quase afável. — Assim, pode ser que eu consiga salvar aquilo que pode ser salvo. Diga, por favor, será que você saberia datilografar, enquanto eu dito?

— Creio que sim.

— Você é uma mulher excelente, Aninha.

Fiquei estupefata. Olhem só, ele ainda sabe que o meu nome é Aninha... Perguntei-lhe em que eu poderia ser-lhe útil.

Reordenamos a parte conclusiva do estudo, com esforço conjunto, tomando por base a capacidade de trabalho que ele teria durante as três semanas restantes. Dessa feita, confiou-me também o assunto, para que nossa cooperação lhe rendesse mais. Por sorte, tenho uma ótima cabeça: compreendo as coisas com rapidez, aprendi aquilo depressa, e, de repente, após dezessete anos de casamento, me dei conta de que havia conseguido conquistar meu direito à igualdade. Datilógrafa, depois auxiliar e, finalmente, sócia com plenos poderes. Trabalhávamos em três turnos diários: pela manhã, à tarde e à noite. Três semanas equivalem a vinte e um dias, o que totaliza sessenta e três turnos de trabalho.

— Claro, apenas na hipótese positiva, isto é, se o meu cérebro não falhar.

Era somente disso que ele tinha medo; da morte, não. Não adiantava discutir com a morte, disse-me certa feita, porque ela não representava uma interlocutora; afinal, ela sabe dizer apenas uma única coisa: *não*.

Àquela altura dos acontecimentos, ele já conversava comigo durante as pausas do trabalho. Discorria, por exemplo, a respeito da natureza, que concebeu a sua obra-prima, o homem. No entanto, a despeito de levar isso a cabo, a natureza não se tornou nem um pouquinho mais inteligente. Permaneceu exatamente como sempre foi: impotente, apática, palerma. O único comportamento correto, portanto, seria não sentir medo, reprimi-la e extorquir-lhe tudo quanto fosse possível.

Era o que ele fazia. Telefonou para o seu futuro médico-legista, porque desejava deixar os rins para o hospital, desde que servissem para um transplante. Na mesma época, apareceu-nos um jovem diretor de televisão, que desejava gravar um programa sobre a morte, inclusive sobre a morte de Gábor, se ele consentisse. Consentiu, aliás com satisfação; a única condição imposta foi a de que ele não deveria ser incomodado com perguntas e que os problemas técnicos referentes à gravação não poderiam tolher-lhe o tempo dedicado ao trabalho. Entraram num acordo. Desafortunadamente, a televisão apareceu com uma semana de atraso, o que todos podemos lamentar. Estou aqui apenas para narrar a história dos dez últimos dias de meu finado marido, fielmente, e segundo o desejo que ele próprio havia expressado.

Das três semanas planejadas, em verdade, restou menos da metade.

A doença que atacou Gábor em plena flor da idade tem dois desenvolvimentos possíveis. Pode terminar do jeito que o professor havia previsto, isto é, com uma deterioração progressiva e perda gradativa da consciência, ao longo de semanas ou, talvez, meses. Pode, contudo, tomar uma forma mais violenta, que os médicos denominam "galopante". De repente, algo emite um som, e pronto. Essa deterioração explosiva acabou com ele na noite do décimo dia posterior à alta hospitalar. A perna esquerda dele ficou paralisada, sem mais nem menos; depois, a direita e, a seguir, todo o corpo abaixo da cintura. O professor apareceu, examinou-o, e sentou-

-se junto da cama dele. Eu, naturalmente, disse-lhe ao telefone que meu marido já sabia de tudo.

— Acabou-se, então, professor? — indagou Gábor.

— Nestas ocasiões, costumamos dizer que sempre podem acontecer milagres.

— Eu não acredito em milagres, contudo teria necessidade premente de mais uma semana de trabalho.

— Quando não temos mais, todos nós teríamos necessidade de uma semana a mais — observou o professor. — Quer que mande interná-lo?

— Por favor, não.

Trabalhamos a noite inteira. O último capítulo do livro — uma condensação e uma explicação da pesquisa — acabou sendo escrito apenas como esboço. Todas as anotações, cerca de trinta páginas datilografadas, ficaram lá, intactas. Dormimos poucas horas durante a madrugada e logo cedo eu já estava sentada à máquina de escrever. Naquela altura, o braço direito de Gábor também estava paralisado. O cérebro, porém, funcionava de modo excelente. Precisei ligar para o hospital, avisando que o professor nem deveria aparecer, porque queríamos aproveitar todos os momentos. Deixei entrar somente o médico do posto de saúde próximo, para que aplicasse um sedativo. Depois, de volta ao trabalho.

— Diga — perguntou-me Gábor —, se você anotar apenas as palavras-chaves e eu ditar o início de cada parágrafo, você seria capaz de redigir o último capítulo?

— Nem você acredita seriamente nisso.

Ele reconheceu. Pediu-me um café, mas enquanto eu o preparava, Gábor teve um acesso de raiva. Pela primeira vez na vida, ouvi-o berrar, praguejar, empregar palavrões. Não os repito, é claro, por uma simples questão de educação.

Era uma visão assustadora. Aquele que xingava, batia, gesticulava, já estava com o braço esquerdo paralisado, de modo que era um corpo inerte que espalhava suas maldições para o mundo. Bem, estou contando isso porque eu própria não consigo entender: ele não xingava a doença, os médicos ou a morte; xingava Iron Korom, o diretor de televisão, que não aparecia fazia semanas.

— Verme mentiroso e desgraçado! — gritava. — Então ele acha que eu sou um bobo?

Quem foi que o chamou? Por que veio? Por que disse que a morte dele era um assunto público? Que se tratava de um recado para todos? Que se tratava de um ensinamento eterno? Ele era apenas um presunçoso ou um trapaceiro, exatamente como costumam ser esses cineastas e assemelhados. Por que ele não está aqui, agora, com a sua câmera? Que o mundo veja que verme desgraçado é o ser humano. Que veja de que modo morremos, na metade do trajeto, sem encerrar nossa tarefa, apenas porque esquecemos de incluir em nossos cálculos que três quartos de nós são de natureza animal. Inventamos o fogo, conquistamos os mares, derrotamos a peste, sabemos compor poemas em homenagem à nossa própria espécie, mas, olhem só, aqui está ele, Gábor Darvas, cuja mão já é incapaz de segurar a caneta para terminar a tarefa a que dedicou a vida inteira. Nem ao menos alguém ficará sabendo de sua paralisia; as pessoas continuam vivendo como viveram até agora, de modo animal, de olhos velados, inconscientes e sem suspeitar de coisa alguma.

Eu estava ali, em pé, o café nas mãos, como se estivesse petrificada. Meu marido era um homem de fala mansa, comedido. O que eu posso fazer com esse tresloucado? Reuni as forças e, como se tivesse de gritar através de uma parede, berrei:

— Cale a boca, afinal! Tome o seu café, Gáborzinho!

Com aquele olhar, como num passe de mágica, ele se acalmou. Talvez por causa das palavras enérgicas, ou por causa do Gáborzinho, termo que eu não usava desde os nossos tempos de faculdade. Não era possível usar apelidos com ele. Quem não exibe o mínimo gesto de desamparo, não combina com um sufixo diminutivo.

Sentei-me ao lado dele, ergui-lhe a cabeça e fiz com que tomasse o café, de gole em gole, porque ele já não era capaz sequer de levar a xícara à boca. Queria fumar. Tragava o cigarro também de minhas mãos. Depois, pronunciou-se com sua antiga voz impassível.

— É uma pena que o sujeito da televisão não possa ver isto.

— O quê?

— Que eu estou fumando.

— Por quê? Seria mais fácil?

— De certo modo, sim — disse Gábor. — Até que a minha paralisia seria uma pequena vantagem. E esse gesto, o de fumar, permaneceria, se não de outro modo, pelo menos numa fita de televisão.

Até onde posso certificar-me, citei as palavras dele com correção. Depois de ter dado vazão à sua raiva, ele desejava trabalhar.

— Traga a máquina, coraçãozinho, e não abra mais a porta para ninguém.

Menciono isto porque, depois de longos anos, chamava-me de "coraçãozinho" pela primeira vez.

Pude escrever ainda dezoito páginas, um terço do último capítulo. Ele parou no meio de uma frase: lancei um olhar e vi que não respirava mais. Até que eu chegasse junto dele, o coração havia parado. Não sofreu, os seus dedos tornaram-se flácidos sobre o cobertor, a cabeça afundou no travesseiro, e ele levou embora, rumo ao nada, a segunda metade da frase.

Era isto o que eu desejava contar, já que ele não o pôde fazer. Nem ficaria bem eu falar de mim mesma, talvez, no máximo, aquilo que esteja relacionado com a morte dele. Agora, quando eu contemplo os dezessete anos de nosso casamento em retrospectiva, vejo que senti ser mulher dele apenas nos dez últimos dias. Pode ser que isso me apresente de forma negativa, mas devo confessar que fui feliz com ele, pela primeira vez, enquanto ele estertorava.

* * *

Prezada senhora Mikó,
A televisão autorizou-me a realizar o documentário, porém após sucessivos adiamentos. Por isso, estou lhe dando notícias somente agora, longo tempo depois da data prometida. Não sei se a senhora se lembra daquilo que eu lhe pedi no Hospital János. Era algo que a senhora não somente compreendeu, mas também aceitou, de forma heroica, dando um assombroso testemunho de força espiritual. Eu ficaria bastante desolado se a senhora estivesse arrependida, porque já preparei a primeira filmagem. Nela, a viúva de um cientista relatou os últimos dias do marido. A gravação ficou tão boa que tanto eu quanto a pessoa focalizada estamos muito satisfeitos. Prometo-lhe envidar todos os esforços para que a atuação da senhora também acabe sendo eternizada, como, aliás, convém a essa grande causa.

Ontem estive com o médico-chefe, o doutor Tiszai, que me informou — dentro dos limites da ética médica, é claro — a respeito do estado em que a senhora se encontra. Soube, também por intermédio dele, que há duas semanas a senhora foi levada para casa de ambulância, porque, é natural, torna-se necessário cuidar da senhora sua mãe enquanto não se encontra uma solução definitiva para o problema. Portanto, desejamos gravar a entrevista em sua residência, com a sua devida permissão, de tal modo que, dentro dos limites possíveis, não nos tornemos cansativos nem para a senhora, nem para a prezada senhora sua mãe.

Agora, no entanto, vejo-me obrigado a fazer--lhe um grande pedido. Precisamos pensar nos espectadores e, para que eles possam compreender o que está se passando, eles devem conhecer os antecedentes. Estou pensando naquela visita que o doutor Tiszai lhe fez, numa certa manhã, oportunidade em que, tendo pesado tudo e conhecendo as circunstâncias familiares, revelou-lhe a natureza da doença da senhora e a evolução que se podia esperar.

Se o espectador não puder assistir a isso, o que se segue poderá não fazer sentido. O doutor, grande amigo das artes e protetor entusiasmado dos artistas, já me prometeu cooperação. Desde que a senhora concorde, combinei com o doutor que a ambulância a transportaria de volta para o seu antigo quarto do hospital, pelo prazo de uma hora e, terminada a gravação, novamente para casa.

Sim, eu sei, pareço faltar com a minha palavra, porque lhe havia prometido que a senhora não estava sendo convidada para representar qualquer papel. Em verdade, não lhe estou pedindo nenhum trabalho de atriz. Entretanto, se não repetirmos aqueles eventos, o espectador não estará informado nem a respeito da doença da senhora, nem a respeito das perspectivas da enfermidade, nem mesmo sobre os problemas relacionados à senhora sua mãe. É certo que isso não havia sido combinado e, além do mais, não se trata de uma tarefa fácil; espero, contudo, que uma mulher tão compreensiva e de mente tão aberta como a senhora não se negue a atender ao meu pedido. É por isso mesmo que lhe estou escrevendo, antecipadamente, para que a senhora tenha tempo para refletir. Espero que me responda sim.

Por fim, devo comunicar-lhe, com satisfação, que consegui arrancar um contrato junto à televisão, nas mesmas condições em que havíamos combinado, verbalmente, naquela época (cinco mil no primeiro dia de gravação e dez mil para a senhora sua mãe, no caso de a senhora vir a falecer). Na quarta-feira, quando devo lhe apresentar, pessoalmente, os meus respeitos, a fim de tomar conhecimento de sua prezada resposta, levarei o contrato que ambos precisamos subscrever.

Na esperança de uma resposta afirmativa, respeitosamente,

Iron Korom

* * *

Muitas surpresas aguardam os diretores inexperientes. Iron não teve oportunidade de descobrir, ainda, que o papel fracassa diante das câmeras de televisão, que todas as expectativas são enganosas e nada pode ser tomado como certo.

Foi o que se passou naquele quarto de hospital, por exemplo. Algo que ninguém esperava: a senhora Mikó, a operária semi-instruída, estava calma, falava de modo compreensível e sabia cronometrar o tempo, sem dar o menor sinal de inquietação. Entretanto, o médico-chefe, o grande amigo da Literatura, o colecionador de quadros e entusiasta do teatro, estava nervoso com a câmera, remexia-se na cadeira e, a todo instante, engasgava com o texto que havia decorado. Três vezes eles tentaram, três vezes interromperam.

— Faça a gentileza de tomar um café — recomendou Iron.

— Não é preciso — disse o médico-chefe. — Podemos prosseguir.

— Você está pronto? — perguntou Iron ao operador de câmera.

— Estou.

Tiszai decidiu-se então. Virou-se para a doente sentada na cama, colocou a mão sobre a mão da paciente, e bateu de leve. A voz dele ainda tremia. Mas o que ele disse é que era inacreditável:

— A senhora, prezada senhora Mikó, trabalha na roça, não é mesmo?

— Não trabalho mais, doutor. Desde que fiquei doente, transferiram-me do setor de jardinagem para o de embalagem. Trabalhei lá seis semanas.

— Onde a senhora está empregada?

— Na Jardinagem Tiszavirág, em Budafok. Mas nós não vendemos flores apenas para casamentos e enterros; também exportamos.

— No setor de embalagens, o trabalho é mais leve, não é verdade?

— Bom, como trabalho, sim. Mas, muitas vezes, eu preciso dar plantão à noite, porque duas ou três mil rosas precisam estar embaladas até à hora da partida dos aviões. Ao meio-dia, as nossas flores já estão nas vitrinas de Viena ou Estocolmo.

— O marido da senhora está no exterior?

— Sim, em algum lugar da América. Não tenho notícias dele faz vinte anos.

— Vocês têm filhos?

— Não.

— Quer dizer que a senhora é quem sustenta a sua mãe que, como é de meu conhecimento, tem glaucoma.

— É isso mesmo, doutor. Ela só enxerga contornos e depende de mim para tudo. Diga-me, por favor, quando é que eu posso voltar a trabalhar novamente?

— Estou aqui justamente para combinarmos isso. Posso chamá-la de Mariska?

— Sim, claro. Mas, por que, doutor? Tem algum problema?

— Não se assuste, Mariska.

— Não estou assustada, mas a mamãe não sabe se arrumar sem mim. Durante o dia, enquanto eu trabalho, o máximo que ela consegue fazer é esquentar a sopa.

— Parem, por favor — disse Tiszai, levantando-se. — Não me lembro mais da sequência.

— O senhor deveria declamar uma poesia — lembrou-lhe a senhora Mikó.

— É, é mesmo. Que diabos! Devo começar tudo de novo?

Iron acalmou o médico: ele deveria prosseguir, recitando a poesia, tranquilo. O que for desnecessário, ele irá cortar mesmo durante a edição. Tiszai retomou o lugar junto à doente.

— Conheço um poeta que, por acaso, é médico. Chama-se doutor Ida. Foi ele quem escreveu esse poema:

> *Aparece a noite e sobre a cama*
> *o colocam, e ele olha o teto e espera*
> *sobreviver uma noite mais, uma;*
> *caniços coloridos da esperança*
> *vão lhe embelezando a noite-espera.*

— Que bonito! — disse a senhora Mikó.

— Citei isso, Mariska, porque não lhe desejo tirar as esperanças, mas não quero tampouco encorajá-la, aliás, pelo interesse do futuro de sua mãe. É, precisamos tomar conta dela, de algum jeito, porque, infelizmente, a senhora está com câncer.

— Câncer? — perguntou a senhora Mikó. — O câncer não tem cura?

— Muitas vezes, tem. No seu caso, entretanto, não existem perspectivas de cura. Seja forte. Vamos dar-lhe um calmante.

— Estou calma, doutor.

— Então, durma um pouco.

— Não posso, doutor. Agora eu preciso pensar em nossa situação.

— Respeito muito a sua força espiritual, Mariska. Outras pessoas, nestas ocasiões, acabam se descabelando, têm crises de choro; mal conseguimos animá-las.

— No meu caso, a morte é uma questão de dinheiro, doutor, porque o que será de minha mãe, se ela ficar sozinha? É isso o que eu preciso resolver.

— Será que eu posso ajudar?

— Pode me dizer se ainda sou capaz de trabalhar? Porque, se eu continuar acamada por muito tempo, não conseguirei evitar que vivamos da pensão alimentícia.

Agora o comportamento controlado da senhora Mikó já influía sobre o próprio médico-chefe. Ele não se mexia mais, não espiava a câmera; havia até esquecido que estava representando um papel. Fitava apenas a enferma, enquanto explicava que ela não poderia trabalhar mais, porque deveria observar rígido descanso. Por outro lado, ela estava autorizada a realizar as tarefas domésticas que diziam respeito aos cuidados com a mãe, e, certamente, restaria tempo para providenciar o internamento da velha num asilo público.

— Não posso pôr a minha mãe num asilo, porque ela está quase cega.

— Então, quem sabe, no Instituto dos Cegos?

— Também não, porque ela enxerga e não poderia suportar que fosse tratada como uma cega.

— Mariska, que coisa bonita e corajosa! A senhora sequer pensa em si própria; pensa apenas nos outros — disse o médico e levantou-se, porque se lembrava vagamente que a conversa deveria encerrar-se aqui.

A senhora Mikó, contudo, puxou-o pela mão e obrigou-o a sentar-se. Pedia ao médico que a autorizasse a trabalhar pelo menos durante mais um mês, porque este ano seria realizado o concurso nacional de embalagem de flores, e a Tiszavirág é muito forte com os arranjos de rosas. Ela nem estava solicitando aquele mês a mais apenas por causa do dinheiro; acontece, porém, que a inscreveram no concurso e aprovaram o projeto que ela havia apresentado. E justamente ela, que havia sofrido tanto com aquelas rosas, deveria ficar à margem da fama e da premiação?

— Agora, Mariska, a senhora não é mais uma trabalhadora. Deve conformar-se com isso.

— Compreendo, doutor.

— E a senhora não tornará a ver mais aquelas rosas.

— Não? Então, está certo, doutor.

— Não tenha medo, não se desespere, Mariska. Prometo que a senhora não vai sentir dores.

— Para mim, doutor, a única coisa que dói é minha mãezinha.

— Fim da gravação — interrompeu Iron. — Obrigado. Está pronto.

Ele deu os parabéns ao médico e a Mariska, porque, afinal de contas, haviam representado os seus difíceis papéis com tanta fidelidade. Nem se podia perceber que se tratava de uma encenação.

A senhora Mikó sorria, orgulhosa. Enquanto a equipe da televisão recolhia os apetrechos, os enfermeiros da ambulância vieram buscá-la.

* * *

As dificuldades começaram pelo fato de que a mãe não suportava Iron. Primeiro, porque achava pouco o dinheiro que havia prometido para elas — como ela própria afirmava, em pagamento da "interpretação". Imaginava que um diretor mais famoso e mais experiente teria pago mais. Se a tivessem deixado negociar... Mas a filha, desajeitada, sequer tentou aumentar o preço.

Ela, porém, suportava menos ainda a bagunça que antecedia as gravações. Logo no primeiro exame do local, chegaram à conclusão de que havia ínfimas possibilidades de movimento de câmeras na casa da senhora Mikó. Elas moravam na metade do alojamento de um quartel escuro, transformado em prédio residencial havia vinte e cinco anos, e jamais investiram ali um centavo sequer. A janela do quarto menor abria-se para o corredor de circulação, onde havia constante vaivém. O quarto maior era comprido, estreito como um corredor, e estava atravancado pela grande cama de casal em que a senhora Mikó estava deitada. O cômodo maior era a cozinha, e para lá se abria a porta do banheiro, que jamais chegou a ser concluído e, assim, apenas o chuveiro saltava das paredes.

Não restou outra coisa a não ser redecorar o quarto maior: empurraram a cama até a janela, colocaram o guarda-roupa na cozinha, instalaram refletores no teto. Não era apenas aquela revolução; a nova disposição da mobília irritava a mãe, que só conseguia movimentar-se no ambiente habitual.

Para completar, a velha havia percebido que estava atrapalhando o deslocamento da equipe de tevê. Ela raras vezes descia para a rua; dentro de casa, movimentava-se muito pouco também. Seu único prazer e derradeiro vício era comer. Estava tão gorda que não podia ser enquadrada pela objetiva. Se a colocassem sentada sobre a cama, encobriria a filha. Finalmente, conseguiram enfiá-la sobre duas banquetas da cozinha que, uma ao lado da outra, foram colocadas rente à parede. A raiva da mãe ia crescendo, vagarosa. Iron, porém, conseguia irritá-la mais ainda com suas tentativas de agradá-la.

— Faça de conta que nem existimos — dizia ele. — A avozinha nem deve tomar conhecimento da gente.

Aquilo era um grave desacerto. Como jogar gasolina sobre o fogo. Talvez, se ele exigisse as coisas, como quem deseja ter um serviço executado em troca de seu dinheiro, a velha amansasse. Mas foi exatamente assim que ela acabou explodindo. Como não tomar conhecimento deles, se eles colocaram tudo de cabeça para baixo, furavam e rebocavam as paredes, martelavam? De mais a mais, a casa inteira estava de pernas para o ar desde que a equipe de televisão havia chegado à casa da senhora Mikó! Os vizinhos gostavam delas, e vinham ajudá-las sempre quando podiam. Agora, nada; explodiam de inveja.

De fato, a casa estava toda desarrumada. Os inquilinos se acotovelavam no corredor de circulação e comentavam todos os acontecimentos. Logo no primeiro dia de gravação, em meio à explosão de raiva da mãe, a cigana que morava no andar de cima irrompeu ali, exigindo que ela também estrelasse o documentário, porque era ela quem despia e fazia a velha deitar quando Mariska dava plantões noturnos.

Iron sequer protestou. Postou-a diante da câmera.

— Pronto, minha cara. Diga o que quiser.

A mulher de cabelos desgrenhados ficou febril, transtornada, o corpo tenso. Olhou para o diretor, pôs a mão sobre o coração e gritou:

— Viva a pátria!

Serenou, e foi-se embora. Depois disso, o operador de câmera trancou a porta com chave. A atmosfera, contudo, ficou ruim. A mãe calou-se. A senhora Mikó também. O trabalho da equipe de Iron havia sido interrompido, e eles se enfiaram num canto, com medo de dar um pio. Foi assim que transcorreu aquela tarde; o dia seguinte, também. De vez em quando, apenas para acostumar as mulheres, eles ligavam a câmera. Esse foi o meio de atingir o objetivo. No terceiro dia, a mãe — que mal os enxergava — esqueceu-se deles. E começaram um diálogo que era muito mais importante do que eles poderiam supor.

* * *

— Mariska, você pensa no futuro, pelo menos de vez em quando?
— Não penso em outra coisa o dia inteiro.
— Então, por exemplo, se você morrer, com quem fica esta residência?
— Com a mamãe.
— E se você for despejada? E se alguém com costas quentes gostar deste apartamento encantador?
— A mamãe é inquilina regular; portanto, não pode ser despejada.
— Como é que você sabe? Afinal, para você é mais cômodo dizer, a respeito de todas as coisas, que não há problemas.
— Não, eu já me informei.
— Com quem? Com a equipe da televisão?
— Não, telefonei lá do hospital para o velho Franyó, quando me levaram de volta. Contei a ele a minha situação, e perguntei tudo. A mamãe é a inquilina principal; o apartamento é dela.
— Como eles sabem disso lá no seu emprego?
— O velho Franyó entende de tudo. Disse que iria conversar com a direção e que eles prestariam ajuda à minha mãe.

— Bom, eles ajudaram muito até agora, não é mesmo? Afinal, por que você acha que foi transferida para o setor de embalagens?

— Porque fiquei muito fraca.

— E porque, assim, a sua aposentadoria será menor.

— Eu perguntei isso também. A aposentadoria de mamãe será baseada no meu salário dos últimos três anos, e não somente naquelas seis semanas de trabalho no setor de embalagens. Eles vão calcular e dizer quanto a mamãe receberá de aposentadoria.

— É, seria muito bom saber. Quando é que eles vão informar isso?

A campainha tocou no mesmo instante em que a pergunta havia sido formulada. O operador da câmera abriu a porta. Era como se eles estivessem diante do epílogo: lá estavam muitos visitantes. O velho Franyó, que devia ser um sujeito importante na firma Tiszavirág, de Budafok, e uma família composta por três membros: Sándor Nuófer, a esposa e o filho. Ficaram parados junto à soleira da porta, com inibição evidente, até que Iron os convidasse a entrar. Livraram-se dos pacotes, superaram as apresentações mútuas, as gentilezas obrigatórias, e o diretor pôs termo a isso tudo com energia. Pediu às visitas que se acomodassem, já que eram amigos da casa, e tomassem parte na gravação. Concordaram, depois de alguma relutância.

— Primeiro, vamos abrir os pacotes — disse Nuófer.

Abriram os pacotes na cozinha. Os colegas da senhora Mikó mandaram dois frangos fritos, presunto caseiro, ovos nevados, bolachas, uma massa folheada e uma quantidade enorme de ovos. A jovem esposa de Nuófer colocou os frangos fritos em pratos e ofereceu a todos, que se serviram como manda o figurino: apenas como se fosse tira-gosto.

As dificuldades vieram depois: acomodar, de algum jeito, os recém-chegados naquelas dependências estreitas. E não conseguiam resolver o problema, até que a senhora Mikó salvasse a situação.

— Por enquanto, eu ainda consigo levantar-me — disse. — Vamos arrumar a cama, porque quatro de nós cabemos nela.

Fizeram-na vestir o penhoar, arrumaram a cama, ajeitaram-se. Depois de uns preparativos, o velho Franyó começou a falar.

— Acho que devemos apresentar-nos. Meu nome é Franyó; eles são a família Nuófer, também lá da firma Tiszavirág. Viemos porque soubemos que a Mariska foi honrada com a presença da televisão. Soubemos pela própria Mariska o que o médico disse a ela. Estamos muito desconsolados, e todos têm muita pena de vocês. As mulheres acabaram preparando esses pratos, para que vocês não tivessem tanto trabalho.

A senhora Mikó agradeceu.

— Outras vezes, quando alguém vier visitá-la, mandaremos comida também. De outro lado, a direção da empresa destinou-lhe oitocentos florins, Mariska.

Ele colocou o dinheiro sobre a mesa. A mãe contou as notas e observou, mordaz:

— Bom, agora estamos salvas!

— Fique quieta, mamãe — disse a senhora Mikó. — Ficamos muito gratas também por isso.

— Bom, e de quanto vai ser a minha aposentadoria? Será que tenho permissão para perguntar isso?

— Nós já calculamos: a Mariska tem direito a mil e oitocentos florins anuais.

Houve um breve silêncio. Todos faziam as contas. A mãe quis dizer algo; Mariska calou-a, porém, com um gesto.

— Esperava mais — disse em voz baixa.

— Não adianta, Mariska. É a isso que você tem direito. Nós também sabemos que não é suficiente para a sobrevivência de uma mulher enferma, que fica dependente de outras pessoas. Vocês têm economias?

— Somente aquilo que a tevê vai pagar.

— Quanto é isso?

— Já recebemos cinco mil. A mamãe deve receber mais dez mil, depois de eu morrer.

— Justo o que vamos gastar com o enterro — observou a mãe.

— Não falemos, ainda, sobre o enterro. Mas nós também suspeitávamos que vocês tivessem pouco dinheiro e foi por isso que convocamos uma reunião da diretoria. Bom, também foi por isso que os Nuófers vieram aqui. Você os conhece, Mariska?

— É claro.

— Você também sabe que eles são pessoas honestas. O menino é sossegado. Sándor não fuma, nem bebe. Marido e mulher trabalham, e têm 22 mil florins de poupança.

— E eles querem dar-nos isso tudo?

— Fique quieta, mamãe.

— Vocês já vão entender tudo. Conte para elas, Sándor, por que viemos.

— Minha mulher sabe falar melhor, porque tem diploma de segundo grau.

A senhora Nuófer tomou a palavra.

— Nós moramos num subsolo. Quando chove, a umidade atravessa o reboco. No verão, o ar fica abafado, e isso faz mal ao menino. Queixamo-nos ao querido senhor Franyó. Em boa hora, disse-nos ele, porque aqui a prezada avozinha logo mais deverá ficar só, num apartamento de dois cômodos. Esta casa serviria para nós. Em troca, ofereceríamos a nossa poupança, e assinaríamos, ainda, um contrato, responsabilizando-nos pelo sustento da avozinha. Prometemos que seremos bons para ela e que ela não sentirá falta de coisa alguma.

A mãe olhou bem para o casal Nuófer. Depois, perguntou:

— Por acaso o seu marido não é cigano, é?

— Ele tem a pele assim escura, mas não é cigano, não.

— Apesar disso, ele bem que poderá acabar embolsando a minha aposentadoria.

— Não temos nada a ver com a aposentadoria da senhora.

— Sim, mas eu deverei pagar o aluguel, e as contas de luz e gás.

— Só a quarta parte. O resto, pagamos nós.

— E de acordo com a ideia de vocês, eu vou comer com que dinheiro?

— Se a senhora quiser contribuir com algo, muito bem. Se não, também está certo. Onde comem três, comem quatro.

— Mas que coração bom que a senhora tem! Mas isso tudo deverá mudar assim que vocês começarem a mandar por aqui.

— Pergunte à sua filha — interveio o velho Franyó. — Ela pode testemunhar que se pode confiar neles.

— A minha filha não entende dessas coisas — acenou a mãe, e, olhos atentos, examinava os Nuófers. — Vocês cozinham com banha ou com óleo?

— Com óleo. Mas, para a senhora, podemos cozinhar com banha.

— Estou acostumada com isso. Por outro lado, sou louca por doces.

— A massa folheada que trouxemos, fui eu que fiz. Experimente, por favor.

Devagar, mastigando com cuidado, a mãe comeu uma fatia. Uma outra. Mais outra. Em seguida, cerrou as pálpebras, como se estivesse ouvindo uma música ao longe. Por fim, acenou com a cabeça.

— É, dá para comer. Mas isso não nos obriga a coisa alguma. Veja, por exemplo: não suporto barulho de criança.

— Ele é muito quietinho — disse a senhora Nuófer.

— O problema é que ele é quieto demais — acrescentou o marido.

Não conseguiram tranquilizar a mãe.

— Não gosto de crianças quietas. Quer dizer, se não nos entendermos, poderemos desfazer o contrato?

— Podem — sossegou-a o velho Franyó —, desde que eles não cumpram o dever de sustentá-la.

— E quando vocês pretendem mudar-se?

— Agora, enquanto temos tempo bom — disse Nuófer. — Não quero que meu filho apanhe tuberculose.

— Mas nós não permitiremos que nos apressem.

— Não temos outra escolha — disse a senhora Mikó, e levantou-se apertando a barriga com ambas as mãos. — Tragam a caderneta de poupança, redijam o tal contrato e mudem-se, enquanto fizer tempo bom. Agora, porém, vão para casa. Estou cansada. Gostaria de deitar-me.

* * *

— Conviria cortar aqui — disse Ularik depois de ter assistido às primeiras provas da edição. — Podemos facilitar a morte das pessoas com a solidariedade social. Conheço os meus superiores: é disso que eles gostam.

— Mas acho insuficiente — observou Iron.

— E o que mais você quer?

— Não faço a menor ideia. Mas sei que não sou eu quem vai inventar o final deste filme. Combinamos com a senhora Mikó que eu seria comunicado se acontecesse qualquer coisa.

— Que tipo de coisa?

— Qualquer coisa é qualquer coisa. Se acontecer um milagre, digamos, e ela se curar. Caso contrário, se ela morrer.

O bom nisso é que tudo se torna possível. A sua própria vida é interessante, porque você não tem a menor noção do que o espera.

— Tome jeito. Você tem um filme de efeito educacional. Por que colocá-lo em risco?

— Tenho um filme nada, meu velho! Tenho um moribundo que ainda não entrou em cena.

— Quem?

— J. Nagy.

— O escritor? Não me diga! Mas ele está muito bem!?

— Mas já sofreu um infarto.

— Há seis anos. E, se conheço o J. Nagy, ele deverá dar o seu último suspiro sobre a cama de uma dona qualquer.

— Não se preocupe: ele ainda sofrerá outro infarto.

— Mas quando?

— Não sei. Mas sei que vou aguardar, e documentar.

— Se ele permitir...

— Eu pedi, e ele prometeu. E J. Nagy merece crédito.

— Sem dúvida.

— Então, por que ele não permitiria?

* * *

Havia um pouco de exagero nisso. Em verdade, a tal promessa havia sido feita nos jardins de uma taverna de Buda, sobre a margem esquerda do Danúbio, sob forte influência etílica.

A carreira televisiva de Iron havia começado quando ele atuou como assistente de J. Nagy numa série de reportagens. Tornaram-se amigos a despeito da grande diferença de idade, ou talvez por isso mesmo, uma vez que ambos eram grandes sonhadores.

J. Nagy foi repórter durante a guerra. Anos depois, escreveu um livro sobre as suas experiências — *Anotações de um correspondente de guerra*. Em seguida, um volume de contos e um romance; ambos, porém, desapareceram nos abismos da literatura sem jamais terem sido impressos. Depois, trabalhou no rádio, tornando-se um dos melhores repórteres daquele veículo. Acreditava que a televisão havia sido inventada especialmente para ele: abandonou a literatura e passou a produzir roteiros e mais roteiros que raras vezes chegavam diante dos espectadores. Com o passar do tempo, concluiu que possuía mais ideias do que imaginação. Logo, precisaria continuar pisando em solo firme. Por isso mesmo, optou pelas reportagens e documentários. Poderia, finalmente, desabrochar. Mas acabou se tornando figura secundária. Não bastasse isso, engordou. Suplicavam-lhe que fizesse um regime; porém, seu amor pela comida e pela bebida era tamanho que não conseguiu perder um grama sequer. Produziu, enfim, uma dúzia de reportagens sobre atores, tema que se mostrou rentável. Encorajado, o entrevistador hábil iniciou uma nova série — *Nossos grandes sábios* — que o tornou popular junto à comunidade acadêmica. Depois disso, não conseguiu produzir mais nada.

Iron e ele descobriram uma pequena taverna que servia apenas linguiça seca e vinho. Começaram a frequentar o local para bebericar e conversar. E, juntos, xingavam Ularik, o assassino de seus melhores textos, enquanto teciam planos cada vez mais mirabolantes.

— Eu também gostaria de produzir um documentário — disse Iron, certa vez, assim, em devaneio.

— A respeito do quê?

— A respeito das formas que a nossa morte assume.

— Com atores ou personagens reais?

— Somente teria sentido com personagens reais.

— Mãos à obra, meu amigo! Uma excelente ideia!

— É mais do que uma ideia, J. Nagy, porque encerra diversas coisas: ciência, filosofia, poesia. Além disso, é de compreensão fácil, e excitante.

— Desde que você encontre gente disposta a morrer diante dos olhares de milhões de espectadores.
— E você não se disporia?
— Pretendo viver por longo tempo — sorriu J. Nagy.
— Sim, mas você já teve um infarto.
— É verdade — concordou J. Nagy, com a generosidade dos ébrios. — O meu próximo infarto é seu.
— Isso é muito gentil de sua parte.

Essa era a tal promessa, feita junto à mesa de uma taverna, depois de muitas doses de vinho com soda, quando o documentário ainda estava no mundo dos sonhos.

O mais certo era encontrar J. Nagy na lanchonete da televisão. Estava sempre rodeado de mulheres elegantes, que gostavam de ser paparicadas e davam grandes risadas diante dos comentários dele. Quando ele percebia que estava agradando, recostava-se na cadeira, com um sorriso de satisfação no canto dos lábios.

Iron pediu que ele fosse até o saguão; lembrou-o da promessa.
— Você necessita muito de mim? — perguntou J. Nagy.
— Sim.
— Preciso de tempo para pensar até a noite de hoje.

* * *

Encontraram-se junto à mesa de sempre.
— Ouça as minhas preocupações — começou J. Nagy. — Você havia me dito que o seu projeto engloba poesia, ciência, filosofia. Meu amigo, isso é um engano. Primeiro, porque morremos de maneira repentina e feia, enquanto a poesia é beleza e composição. Segundo: um único evento não é filosofia; é apenas aquilo que pode ser generalizado a partir do próprio fato. Portanto, não faz sentido. E não é ciência tampouco, porque a física moderna concluiu que a observação de um fenômeno discreto e de pequenas dimensões aca-

ba tendo o seu curso deformado pelos instrumentos que possibilitam a própria observação. Em outras palavras: eu morreria de maneira muito diferente diante das câmeras ou na presença de Aranka.

— Quer dizer que você desistiu?

— Desejo, apenas, moderar a sua ambição. Mande às favas a ciência e as artes; registre aquilo que você puder ver, e faça disso um documentário honesto. Trabalhe como se você estivesse mostrando o trabalho subaquático dos escafandristas que ajudam a construir uma ponte. Nesse caso específico, os seus escafandristas acabam morrendo.

— Sim, prossiga.

— Se você levar a coisa a sério, será capaz de produzir um documentário que jamais foi feito.

— E, nessas condições, você concordaria?

— Por que não, quando chegar o momento? Tudo o que é novo interessa-me. Além disso, faz ano e meio que não produzo nada. Ularik, na verdade, está tentando me convencer a fazer um documentário que condene a poluição atmosférica. Mas é preferível ficar com a morte. E qualquer possibilidade de encenação seduz um exibicionista de meia-idade como eu.

— Eu sabia que você acabaria aceitando!

— Seja, portanto, o meu diretor. Quais são os próximos passos?

— Por enquanto, nada. Você tem se consultado com um médico?

— Para quê? Sinto-me ótimo.

— Por causa do seu coração.

— Não tenho queixas.

— Não faz mal. Daqui para frente, por favor, providencie um eletrocardiograma por semana. Avise-me diante do menor sinal de alteração.

— Mas, meu amigo, isso não acontecerá amanhã...

— Tomara que não aconteça mesmo!
— À sua saúde!
— À sua!

* * *

Passou-se uma semana. Iron tinha uma noite de folga. Teve vontade de tomar vinho com soda. Desceu à lanchonete da emissora, mas não encontrou J. Nagy. Lá estava, apenas, Aranka Jócsik, ex-mulher do amigo.

— Você está esperando por J. Nagy? — perguntou Iron. Quem mais seria? Os iniciados sabiam que eles iriam se casar de novo (na verdade, J. Nagy estaria se casando pela quinta vez).

— Faz uma hora e meia que estou sentada aqui — disse Aranka. — Ele despediu-se dizendo que daria um pulo até à clínica. Mas, diga, o que você andou fazendo com J. Nagy?

Todos chamavam J. Nagy de J. Nagy. A esposa divorciada também, a exemplo das diversas mulheres que iam e vinham, mas sempre retornavam à vida dele. Segundo confidências dele próprio, inclusive quando fazia amor, as mulheres sussurravam-lhe: "Agora, J. Nagy, agora, morde agora".

— Foi apenas uma preocupação de amigo: pedi-lhe que fizesse um eletrocardiograma por semana.

— E começou a avalanche! Você deseja provocá-lo com quê, agora?

— Nada disso! Só queria tomar vinho e soda com ele.

Deixou Aranka lá, para que não precisasse ouvir-lhe as queixas. Além disso, todos sabiam que J. Nagy estava adiando o casamento por causa de uma jovem atriz. Para casar com Aranka, ele deveria romper com Irén Pfaff — este era o nome da atriz. E a balança pendia ora para uma, ora para outra. Na opinião de J. Nagy, as mulheres sempre podem ser substituídas — umas pelas outras. De vez em quando chamava Irén de Aranka, e Aranka, de Irén. Ele vivia exclusivamente em função da arte.

Ao sair da lanchonete, Iron Korom entrou no elevador junto com Irén Pfaff. A atriz sequer retribuiu o cumprimento.

— Irén, qual é o problema?
— Vou esfolá-lo vivo!
— Isso também é por causa do meu amigo?
— Se ele é seu amigo, o senhor não deve arruiná-lo — disse Irén, e saiu do elevador.

Naquela noite, Iron apareceu na taverna sem avisar. Teve sorte. O escritor estava sentado ali, debaixo do caramanchão que eles sempre ocupavam, com uma jarra de vinho, soda e um livro grosso sobre a mesa aplainada.

— O que você está lendo, J. Nagy?
— *Medicina interna*, de Magyar e Petrányi.
— E por que você precisa disso?
— De vez em quando, não faz mal a gente espionar os médicos.

Acabou explicando o motivo.

* * *

O primeiro médico que ele procurou foi recomendado por Aranka Jócsik. Depois de ter feito o eletrocardiograma, disse que não havia nada de errado, mas o paciente deveria cuidar-se. O escritor ficou cismado. Se nada estava errado, por que deveria cuidar-se? No dia seguinte, por uma questão de garantia, procurou o médico de Irén Pfaff, a conselho dela própria. O exame era tranquilizador, disse-lhe este. Mas ele deveria andar, nadar, exercitar o coração. Então: deveria cuidar-se ou deveria exercitar-se? J. Nagy procurou um terceiro médico, um quarto médico. Todos tranquilizaram-no, cada um de modo diferente, fato que aborreceu J. Nagy. Andou de médico em médico, porque desejava obter, finalmente, um diagnóstico definitivo e categórico. E acabou recebendo um na Clínica de Medicina Interna, onde foi atendido por uma professora-assistente elegante e marcial.

A doutora Szilvia Freund reconheceu o escritor de imediato. Havia assistido na televisão às séries *Retratos de atores* e *Nossos grandes sábios* e recebeu o produtor com o respeito devido. Comunicou o diagnóstico depois de um exame minucioso.

— O senhor já teve um infarto. Se não deseja ter outro, deixe de fumar, procure não ficar nervoso e evite as comidas pesadas.

— Não me diga que estou doente — observou o escritor, nervoso.

— O senhor não está doente, mas não está saudável.

Diante da expressão assustada de seu paciente famoso, a doutora Freund entregou-lhe o eletrocardiograma e explicou, com pormenores, o significado dos garranchos visíveis. J. Nagy tirou um bloco de anotações e começou a escrever. Quando a médica terminou a explicação, ele já havia obtido uma boa noção da matéria. Pediu o exame, mas quando começava a despedir-se, a médica pediu-lhe que se sentasse:

— Mestre, gostaria de medir-lhe a pressão novamente.

— Pode chamar-me de J. Nagy — disse J. Nagy.

— Com prazer, prezado J. Nagy. Mas, devo informá-lo de que, mesmo para a sua idade, a pressão arterial está mais alta que a média normal.

— Como assim, mesmo para a minha idade? — ofendeu-se o escritor. — Eu não tenho idade alguma.

— O senhor não aparenta a idade que tem, mas a sua pressão arterial, infelizmente, não a desmente. Tranquilize-se. Vamos baixar a pressão.

Ela preencheu algumas receitas. J. Nagy carregou-as para a emissora de televisão e começou a exibir o eletrocardiograma a torto e a direito. De início, não o levaram a sério. Até agora, ele gabava-se de ter uma saúde de ferro. Todos pensavam que estivesse brincando e riam.

Menos Aranka. Queria falar com a médica de qualquer modo. No dia seguinte, apareceu na clínica, acompanhada de J. Nagy.

— Trouxe minha ex-esposa, porque está muito preocupada com a minha pressão.

As duas mulheres mediram-se dos pés à cabeça. Mediram a pressão arterial de J. Nagy novamente.

— Está alta, mas não é nada preocupante — afirmou a médica. — O senhor deve evitar todo tipo de nervosismo. Mesmo assim não espere resultados para o mesmo dia.

Apesar disso, J. Nagy retornou no dia seguinte. Em vez da ex-mulher, levava Irén Pfaff, que colocou a médica sob vigilância (isso era recíproco). E mediu a pressão.

— De fato, está um centésimo mais alta do que ontem. O senhor não estaria estressado, J. Nagy?

— Não está, não — respondeu Irén, determinada. — Talvez o aparelho esteja com defeito.

A médica sorriu sobranceira. Depois, com paciência, explicou os princípios de funcionamento do aparelho que ainda segurava nas mãos e o tratamento que estava receitando. J. Nagy entusiasmou-se a tal ponto que foi direto a uma loja de equipamentos cirúrgicos e comprou um aparelho para medir pressão. Experimentou-o no próprio local, com o auxílio de Irén, que se mostrou muito hábil ao medir a pressão arterial.

— Se eu fosse sua esposa, mediria a sua pressão todos os dias. Nem há necessidade de você ir até à clínica todos os dias por causa disso.

— Vou pensar no assunto, querida.

E pensou. Sentou-se em seguida diante da máquina de escrever e redigiu duas cartas idênticas, para Irén e Aranka.

"Enquanto a minha pressão arterial continuar tão elevada, penso ser melhor evitar as emoções vinculadas ao casamento. Espero poder medir, sozinho, a pressão. Muitos beijos do J. Nagy."

E, de fato, conseguiu, à custa de um pequeno esforço, tirar a própria pressão sem ajuda alguma.

Demonstrou essa habilidade a Iron Korom, com vinho e soda, depois de ter prestado contas a respeito dos eventos acima citados.

— Está vendo? Agora também está alta — disse, apontando o manômetro —, embora eu tenha deixado de fumar, de ingerir comidas gordurosas, de tomar café, e tenha rompido com Irén e Aranka, porque o desejo de casar, de ambas, estava me deixando tenso.

— J. Nagy! — riu-se o diretor. — Você se tornou um hipocondríaco!

— Você deveria me agradecer! Melhor do que ninguém, você sabe para que estou me preparando!

— Com uma dieta pobre em proteínas? Preparando-se para quê?

— Para o meu papel.

— Mas ninguém deseja que você se forme médico.

— Para eu poder conceber o papel, devo saber o que me espera.

— Não fique se assustando, J. Nagy.

— E você não deve ficar aí com melindres! Somos profissionais; não somos diletantes. A arte não conhece misericórdia.

— Ao menos a sua pressão caiu?

— Infelizmente, não.

— Verdade? Então você poderia colocar-se diante das câmeras...

— O que devo dizer?

— Aquilo que lhe vier à cabeça.

— E quem se interessaria?
— Os espectadores, J. Nagy. A sua morte terá tanto mais efeito quanto mais saudável você estiver agora.
— Você quer exibir-me como um condenado à morte? Que truque mais barato e de mau gosto!
— Mas tem efeito. E amanhã tenho horário livre no estúdio.
— Eu só terei algo a dizer a respeito da morte quando estiver agonizante.
— Espere o final. Você vai ver o sucesso que fará.
— Na realidade, não poderei ver.
— Sim, é verdade.

* * *

Prezados telespectadores, creio que não preciso apresentar-me, porque já estive, por diversas vezes, diante das câmeras. Talvez os senhores se recordem das séries *Retratos de artistas* ou *Nossos grandes sábios*. Agora, no entanto, não estou aqui na qualidade de entrevistador, mas de entrevistado. Esta minha presença é apenas a introdução de um evento que tem muita importância para mim. Quando chegar a hora, como sabem, deverei morrer diante dos olhos dos senhores.

De certo modo, estou familiarizado com o tema. Há seis anos, estive praticamente do outro lado, quando mal consegui sobreviver a um ataque cardíaco. Não bastasse isso, já fui correspondente de guerra e testemunha ocular de uma das maiores carnificinas coletivas da História. Conheço, graças a esse fato, todas as variedades do perecimento.

Mas estou preparado, tanto na teoria quanto na prática. Desde que aceitei este papel, tenho feito incursões na literatura técnica. Ouso, portanto, afirmar que estou me preparando, de modo consciente, para o meu último papel.

Estou levando em consideração também o fato de que os prezados telespectadores sequer chegaram a ver, na televisão, uma extração de dentes, de modo que desligariam o aparelho se me vissem gemendo, estertorando ou revolvendo-me. Peço-lhes que não tenham receio disso. Prometo-lhes comportar-me de modo disciplinado naquele instante decisivo, deixando, na medida em que o tema de nosso documentário o permite, impressões agradáveis.

Até à vista, no meu leito de morte.

* * *

Durante duas semanas, não aconteceu nada. Quer dizer, apenas a família Nuófer, utilizando um caminhão da firma de jardinagem, mudou-se para a residência da senhora Mikó.

A equipe de Iron foi presenciar o acontecimento, mas sem entrar na casa: filmaram algumas imagens de rua. O caminhão estaciona. Descarregam as camas. Carregam os cestos com roupas de cama. Um abajur está sobre a calçada, entre os transeuntes. Era mais do que suficiente. Iron queria apenas ter material de reserva.

Depois de alguns dias, foram de carro até à firma Tiszavirág. Chegaram num excelente momento. Tudo estava florido, o vaivém era intenso; preparavam-se para a exposição das rosas. Fizeram algumas tomadas bonitas dos compridos roseirais. O diretor desejava aproveitar essas cenas também como reserva ou pano de fundo; não sabia, ainda, se incluiria, ou não, no documentário.[2]

---

[2] Foi ótimo. O campo de flores teve efeito contrastivo excelente com a agonia da senhora Mikó.

Depois, restou-lhes esperar. Finalmente, chegou uma carta. Escrita pela senhora Mikó, aos garranchos.

"Já estou muita fraca. Desejo conversar com os senhores, a sós. Venham antes do almoço, quando os Nuófers não estão em casa. Além disso, é preciso tirar a mamãe daqui."

Afastar a velha foi muito mais fácil do que eles imaginaram. A mãe abriu a porta.
— Quem são os senhores? — indagou. — Não me digam que são da televisão.
— Somos, sim.
— O que desejam novamente?
— Viemos trazer chocolate ao leite para a querida avozinha, e gostaríamos de conversar com a sua filha.
— Entrem. Quando acabarem de falar com ela, também desejo dizer algo, sem que ela saiba.
— Então faça a gentileza de aguardar na cozinha.

*   *   *

Levaram para a senhora Mikó um salame, presunto fatiado e salada de maionese.
— Não conseguirei comer muito disso — disse.
Ela havia emagrecido, estava enfraquecida; na verdade, perdia-se dentro daquela cama larga de casal. Apenas o abdômen era grande. Ela pediu que colocassem o travesseiro atrás de suas costas.
— Posso falar?
— Estamos prontos.
— Falarei sobre a mamãe.
— Primeiro, faça o favor de dizer como a senhora está.
— Cada vez pior. Infelizmente, não era verdade que eu não sentiria dores. Tenho de tomar calmantes para dormir;

assim, fico gemendo em sonho. Durante o dia, parece que a minha barriga vai estourar. Estão cuidando bem de mim, mas tenho medo de comer, porque cada bocado parece chumbo. Bem, agora eu não quero ficar me queixando por causa da doença, porque ninguém vai mudar isso. O que eu não tenho é paz de espírito. A esse respeito, não posso falar com ninguém, nem com o velho Franyó, porque não quero causar desilusões. Ele apenas desejava o meu bem-estar quando sugeriu que a família Nuófer se mudasse para cá. Por isso, ele não tem culpa pelo fato de eu estar mais preocupada agora com o futuro de minha mãe do que antes. Foi por isso tudo que eu mandei a carta.

— Falemos, então, de sua mãe.

— Já, já. Eu sei que tudo isso o que vou contar vai ser apresentado, um dia, pela televisão. Então, quero dizer, rapidamente, que eles são, realmente, pessoas de bem. Eles dividiram as tarefas do seguinte modo: Sándor cuida da mamãe, sua mulher, de mim. Infelizmente, eu estou dando cada vez mais trabalho. Agora só consigo fazer as minhas necessidades na cama. De vez em quando, vomito também, e, nessas ocasiões, é preciso trocar a roupa de cama, lavar tudo, porque tenho poucas mudas de roupa. Fomos pobres a vida toda; mas sempre fomos pessoas muito limpas. Eles também são gente assim. Os senhores podem ver como o assoalho está brilhando. Quem fica esfregando, às vezes de noite, é a mulher do Nuófer. Acho que não existe um hospital na cidade em que cuidariam melhor de mim do que essa moça cuida. Mas não foi por isso que eu chamei os senhores. Onde foi que eu parei mesmo?

— Queríamos falar sobre a sua mãe.

— Sim, é isso. Faz oito anos que ela teve catarata no olho. À medida que perdia a visão, ia se tornando mais exigente. Parece uma criança. Quanto mais liberdade lhe dão, tanto mais ávida ela se torna. Ninguém mais pode com ela, desde que a família Nuófer se mudou para cá. De noite, ela senta-se diante da televisão, mas não consegue ver nada. Então, o Sándor vai contando tudo para ela. Minha mãe não consegue inventar nada que eles não façam por ela. Lá pelo meio-dia ela já começa a dizer: "Veja que horas são. Por que será que o Sándor não chega? Será que aconteceu alguma coisa?". Bom, eu devo ficar contente com isso, quer dizer, quanto ao futuro da mamãe. Ela adora o Sándor, mas eu começo a ser um estorvo mesmo. Quando tenho sede, consigo receber um chá. Minha mãe também serve o almoço (a mulher do Sándor cozinha muito bem), mas ela tem um apetite enorme. E nem está interessada em saber se eu tomei o remédio ou se comi a minha refeição. Tem medo até de trazer a comadre. Diz que receia se chocar com alguma coisa. Eu ficaria muito feliz se o meu fim chegasse logo. Quanto mais demora o meu fim, mais eu fico cansando e explorando a família Nuófer, e, com isso, acabo estragando o futuro da mamãe. Está bastante claro por que receio o futuro?

— Tenha a bondade de contar tudo. Temos tempo.

— O médico-chefe vem todos os dias. Examina-me, mas não diz mais coisa alguma. Faz elogios o tempo todo: diz que sou uma doente muito paciente. Sim, entendo, mas, depois, fico remoendo o dia inteiro, porque não sei o que vai acontecer aqui quando eu fechar os olhos. Sim, então a família Nuófer terá todo o direito de alugar a residência, embora tenha a obrigação de sustentar a minha mãe. Mas até quando eles conseguirão aguentar? Não dá para fazer de empregadas, por muito tempo, pessoas que chegam cansadas do trabalho. Então, a mamãe vai ficar namorando o Sándor à toa, porque ele não vai ficar explicando o que está acontecendo na televisão; os passeios também serão cortados, a paz chegará ao fim. Afinal, ninguém vai se importar com a mamãe, porque ela não será mais importante para eles, mas o menino, que a mamãe não consegue suportar... Agora temos silêncio, ainda; mas a tempestade já está no ar, e então vai ser um inferno. Foi por isso que chamei os senhores, porque eu sei que no dia em que eu não existir mais, e os senhores exibirem o filme na televisão, eles estarão todos sentados, aqui, a família inteira. Por favor, para onde devo ficar olhando, para encarar a mamãe?

— Faça a gentileza de olhar para o operador da câmera.

— Mamãe, agora estou olhando para você. Você sabe que tem um gênio terrível. Eu gostaria que você vivesse em paz com a família Nuófer. Não seja exigente, chata. Seja carinhosa com o menino; converse com ele; veja se ele fez a lição. Pense que ele é seu neto. Você mal consegue enxergar, e precisa da ajuda dos outros. Coma, então, o que eles comerem; agradeça tudo o que eles estão fazendo por você. É isso que a sua filha, Mariska, pede para poder ter sossego debaixo da terra. Rapazes, obrigada. Tirem o travesseiro de trás das minhas costas.

* * *

A mãe ficou esperando na cozinha, toda encolhida, olhos vidrados, fitando o nada, a luz filtrada do quintal, que se irradiava por toda parte. Uma lâmpada de cem velas estava ali pendurada, mas ninguém se lembrou de acendê-la.[3]

— Pode falar, avozinha, por favor.

— Bom, e ainda é preciso dizer alguma coisa? Olhem em volta: as coisas não estavam tão mal desde a guerra. Tomamos banho aqui, nesta cozinha, onde também cozinhamos, lavamos roupa e, ainda por cima, é aqui que o moleque dos Nuófers, aquele doente dos nervos, dorme, porque ele diz que vê assombrações diante da janela, lá no quarto pe-

---

[3] A ideia foi aproveitada: a cena acabou sendo filmada na penumbra, modo pelo qual a velha conseguia ver o mundo.

queno. Eles colocam o menino deitado no chão e eu, com estes olhos que mal enxergam, já tropecei nele umas duas vezes. E ainda foram queixar-se para a minha filha, imaginem só! Quer dizer que eu nem posso me mexer em minha própria casa. E quem os senhores pensam que tem culpa disso tudo? Eu direi, assim, de cara: os culpados são os senhores mesmos! Gostaria de saber quem tem proveito disso que os senhores estão fazendo. Será que as pessoas estão curiosas de saber justamente o que acontece conosco? Até agora, vivíamos de algum jeito, e ninguém se preocupava com a gente. Aí, vêm os senhores com essa câmera, e todos enlouqueceram. Ninguém faz aquilo que gostaria de fazer, mas todos ficam aí mentindo e fazendo palhaçadas, para não fazer feio diante dos outros. Quantas vezes os senhores pensam que aquele velho, o Franyó, esteve aqui antes? Agora, sim, ele apareceu, para que todos pudessem vê-lo na televisão, ver tudo o que a firma Tiszavirág faz pelos seus empregados. E, claro, do jeito que ele começou essa encenação toda, a família Nuófer vai imitando. A mulher fica se exibindo, como se nem conseguisse viver sem ficar de vigília, sem carregar a comadre de cima para baixo e sem ficar lavando roupa cheia de vômito. E o Sándor (aliás, não é à toa que ele é cigano) seria capaz até de buscar as estrelas no céu por minha causa. Ele só deseja assistir à televisão ao meu lado; leva-me para dar passeios e fica contando tudo o que vê nas ruas. Então, do jeito que ele se comporta, eu também me comporto. Se for preciso, eu também sei mentir. Afinal, o que eu não faria pela minha filha, não é? Sándor e eu ficamos aí, derretendo de amor um pelo outro; mas todos sabem o que cada um pensa do outro. E quem pode suportar isso tudo? Sim, está certo, reconheço que os Nuófers também precisam de um canto para viver. Mas será que chegamos ao ponto em que uma casa como esta tem de ficar nas mãos de uns ciganos? Agora a casa está, naturalmente, abandonada. Mas se estivesse toda pintada, se o assoalho tivesse sido raspado, se o banheiro recebesse azulejos, se estivesse toda mobiliada, então, esta casa que os senhores estão vendo valeria quantias astronômicas. Não acreditam em mim? Vão acreditar já, já; mas não abram o bico, porque eu tenho uma oferta muito melhor do que o contrato em que o velho Franyó acabou me enroscando. Uma advogada está oferecendo exatamente o dobro da poupança dos Nuófers e, além do dinheiro, uma reforma completa da casa. Esteve aqui duas vezes, claro, secretamente, porque eu não gostaria de aborrecer a minha pobre Mariska. E a advogada sabe cozinhar muito bem: faz um pão-de-ló de fazer inveja a qualquer confeitaria. E o mais importante de tudo: não tem filhos. Seríamos nós duas, apenas, como se eu tivesse uma segunda filha.

— Sim, mas a prezada avozinha assinou aquele contrato que lhe garante o seu sustento.

— A advogada viu isso também. Como parte interessada, disse, não quer se intrometer. Mas não existe contrato que não possa ser rompido.

— E a senhora colocaria a família Nuófer no olho da rua?

— Primeiro, eu devolveria a poupança deles.

— Isso não seria um gesto bonito por parte da prezada avozinha.

— E são justamente os senhores, os causadores de todos os males, que pretendem ficar me dando lições? Seria melhor se tivessem deixado a minha filha morrer em paz, ela que tem mãos hábeis, é trabalhadora, entende muito de rosas, mas, talvez, não tenha a mínima ideia do que seja o dinheiro. Sempre fui eu quem dividia o salário dela. Quando ela ia às compras, perguntava para mim o que deveria ser comprado, onde e por quanto. Aí aparecem os senhores com os seus quinze mil florins, e o velho Franyó com a poupança desses ciganos. Coitadinha, é claro que ela perdeu a cabeça. Finalmente, ela poderá mostrar que vai cuidar da mãe, inclusive depois de morta! Bem, que ela seja feliz; quero que ela pense assim. Mas assim que jogarem terra sobre o caixão dela, eu vou tomar as rédeas das coisas. E, então, esta residência fina será daquele que pagar mais. Bem que poderíamos estar tratando disso, agora!

— Será que a avozinha estaria desejando a morte da própria filha?

— Desejo que ela tenha paz enquanto estiver viva. O que acontecerá depois, é problema meu. E os senhores não me abram o bico.

— Não, nós vamos ficar quietos. Mas tudo o que a prezada avozinha disse vai ser exibido na televisão.

— Antes do enterro?

— Não, bastante tempo depois.

— Então eu não terei mais segredos.

— Muito obrigado por esta conversa tão franca — disse Iron, virando-se para o operador da câmera.

Não precisou dizer uma palavra: a lâmpada de cem velas incandesceu na cozinha, inundando a mamãe com luz cortante.

* * *

Enquanto se dirigiam à casa da senhora Mikó, mandaram um telegrama para Sándor Nuófer, endereçado à firma de jardinagem de Buda. Pediam-lhe que fosse procurá-los na emissora, no dia seguinte, depois do trabalho.

Nuófer apareceu. Mas recusou-se, assustado, a atender ao pedido de Iron. Não queria postar-se diante das câmeras. Por que não chamara a esposa dele? Uma pessoa instruída sempre tem mais coragem de aparecer em público. Contudo, a conversa acabou revelando que a família tinha necessidade urgentíssima de dinheiro. Saíram de uma casa mobiliada para viver com a senhora Mikó. Compraram velhos móveis usados e, apesar disso, tinham ainda uma dívida de dois mil e quinhentos florins.

Quando Iron ofereceu essa quantia, Nuófer aceitou o papel. O único problema, disse, é que não estava preparado e, ainda por cima, estava com a roupa de trabalho. Não tem importância, melhor assim, observaram, para deixá-lo tranquilo.

* * *

— Por favor, prezado Sándor Nuófer, diga aos telespectadores se não é uma carga muito grande ficar tratando da senhora Mikó, assim, enferma.

— Temos muito trabalho com ela, sim. Mas isso estava previsto no contrato que assinamos. Quer dizer, a bem da verdade, nem podíamos imaginar que teríamos uma paciente tão calma. Então, não somos apenas nós que ajudamos a senhora Mikó; ela também nos ajuda.

— Ela ajuda a sua família?

— Sim, o meu filhinho, que é mau aluno. Nós não temos tempo para ele. Mas a Mariska, apesar de ter muitas dores, toma a lição, quando ele chega da escola. Desde que isso começou, ele tem tido boas notas. O meu trabalho não significa nada para mim, mas o meu filho é tudo na vida. Estamos apavorados só de pensar que um dia teremos de separar-nos da Mariska. O que vai acontecer então? Minha esposa nem gosta de falar a respeito disso.

— Conte-nos, então. Trata-se da velha mãe?

— Sim, sim. Mas isso não interessa aos telespectadores.

— Interessa, sim. Conte como é que os senhores conseguem aturá-la.

— No começo, tudo corria bem. Sim, claro, levávamos em conta os defeitos que ela tem. Afinal, é uma velha semicega. E nós também temos interesse em conviver em paz. Durante um tempo, isso foi possível. Mas os problemas começaram logo depois.

— Por exemplo...

— Tenho até vergonha de contar.

— Conte, senhor Nuófer, por favor.

— Tudo começou com a alimentação. Ela gosta apenas de comidas pesadas e de doces. Ela deseja comer apenas cozidos de carne, carne guisada, rocamboles. Mas o senhor, diretor, deve concordar comigo que, com uma doente na casa, não se pode ficar cozinhando duas coisas diferentes. Ficamos muito contentes quando a pobre Mariska consegue comer um pouco de mingau de sêmola de trigo, um pouco de canja de galinha, um pudinzinho. E, claro, nós também comemos isso. Mas a velha... ela senta-se entre nós, com um grande pedaço de pão nas mãos, e passa gordura, e coloca sal, e farta-se, com expressão sofrida. Ou me pede para levar a seu quarto conservas diversas, e come o repolho azedo, assim, às colheradas, direto da lata, sem aquecer, sem nada. Faz mal até olhar. Bem, mas ninguém toma conhecimento desses pequenos aborrecimentos.

— Então, qual é o problema?

— Não tenho culpa, mas tudo em minha vida gira em torno do meu filho. Agora, a partir do que a velha faz com a própria filha, que depende dela, posso imaginar o que vai acontecer quando a velha ficar a sós com o menino. Boa coisa não será, com certeza.

— A mãe é relaxada com a filha?

— Olhe, um doente exige muitos cuidados. Nós saímos logo cedo e chegamos tarde. Por que é que tudo sobra para a minha mulher fazer? Mariska, pobrezinha, precisa ser banhada, mas isso a velha bem que poderia fazer com aquela sua vista ruim e tudo. Mas ela nem coloca as mãos sobre a filha. A única coisa que ela faz é esquentar o almoço, mas esquece de dar os remédios. A comadre fica ali, fedendo o dia inteiro embaixo da cama. Acreditem-me, ela não gosta da própria filha. Se pudesse, talvez apressaria a morte dela.

— Mas ela é tão má?

— Minha esposa, que tem curso secundário, explica, dizendo que isso não é maldade; é vingança.

— Vingança? Contra quem?

— Segundo minha esposa, contra todos aqueles que enxergam. Observe, diz minha mulher, que a velha sempre ataca quem oferece resistência menor. Agora é a vez da filha; depois, a vítima será nosso filho. Apenas como exemplo, devo lembrar que ela já o chutou umas duas vezes.

— Ela nos disse que isso aconteceu por acaso.

— Claro, nós é que sabemos das coisas. De tarde, quando o menino se deita, a cozinha ainda está clara. Então, apesar de ter catarata, a velha consegue distinguir uma figura humana.

— Por que não discutem isso com ela? É de interesse comum esclarecer a situação.

— Enquanto Mariska estiver viva, eu não abro a boca. Trato a velha com jeito, assisto à televisão na companhia dela, levo-a para passear; mantenho as aparências. Se o senhor diretor fosse lá em casa, pensaria que tem festa todos os dias na casa da senhora Mikó. Mas isso me custa um esforço sobre-humano. Principalmente desde que o comportamento do meu filhinho começou a mudar.

— E o que foi que o senhor percebeu?

— Ele parece mudado, ultimamente. Não quer brincar, não dá risadas, está assustado, não tem apetite, tem insônia.

— Isso também é culpa da mamãe?

— Minha esposa diz que sim. Meu filho, senhor diretor, não tem nervos bons. Há dois anos, tentou suicidar-se por causa das notas que tirou na escola. Aos catorze anos de idade! A bem da verdade, ele tomou apenas dez aspirinas, e logo vomitou todos os comprimidos. Mas, apesar disso, corremos com ele para uma clínica psiquiátrica. Recomendaram-nos lá que não o censurássemos; deveríamos apenas fazer-lhe elogios, premiá-lo, porque ele tem necessidade de sentir prazer. Desde então, temos mimado o menino. Mas quem pode dizer o que vai acontecer naquela casa quando ele ficar trancado com a velha? Estamos numa situação terrível, senhor diretor. Para nós, aquela casa é uma questão de vida ou morte. Mas o menino é mais importante do que as nossas próprias vidas.

— E o que aconteceria se a escolha fosse entre a casa e o menino?

— Não pensei nisso, ainda.

— Como não? Falamos a esse respeito o tempo todo.

— Não sei, não. Acredite-me, senhor diretor, sou um homem pacífico, calmo. Não tomo mais do que uma garrafa de cerveja. Jamais levantei a mão para alguém. Mas o meu filho é outro assunto. Quando se trata dele, não conheço limites.

— Como assim?

— Se o meu menino sofrer alguma ofensa, serei capaz de matar.

— O senhor acabou de dizer que nunca levantou a mão para alguém...

— Sim, mas, nesse caso, não tem conversa. Mato a velha com o primeiro objeto que estiver à mão.

— Esperamos que o senhor não tenha motivos para isso, senhor Nuófer.

— Tomara que não! Alguma outra pergunta?

— Não.

— Então, deixem-me ir, porque o comércio vai fechar. Preciso comprar um tablete de chocolate ao leite.

— Para quem?

— Para a mamãe, claro. Pelo filho, a gente faz o impossível.

— Faça, senhor Nuófer, faça.

* * *

J. Nagy desapareceu, de repente. Irén Pfaff, a última a vê-lo, sabia apenas que ele havia se internado na clínica para três meses de exames. Ela levou o escritor em seu próprio carro. Notou que, além do pijama e dos chinelos, J. Nagy carregava livros e revistas especializadas em Medicina. Outros também perceberam, depois, que durante duas semanas ele sequer deu notícias.

Num dia qualquer da segunda semana, quando as visitas eram permitidas, Irén Pfaff apareceu na clínica levando um frango assado e maionese de batatas. Mas a doutora Freund impediu-lhe a entrada: tomou o frango e a maionese nas mãos, e disse que J. Nagy não estava recebendo visitas.

Não existem segredos nas emissoras de televisão. Na visita seguinte, Aranka Jócsik foi à clínica, carregando uma torta de maçãs que ela própria havia preparado. Ela só conseguiu chegar até à enfermeira que estava de plantão à tarde. A enfermeira tomou a torta de suas mãos, mas barrou-lhe a entrada.

Esse fato espalhou-se também. Acrescentaram algumas coisas, é claro. Quando a notícia chegou a Iron, diziam-lhe que J. Nagy havia se transformado em personagem do documentário e vivia os seus dias finais na clínica. Diante disso, gravador em punho, Iron muniu-se de três garrafas de vinho e três de soda e foi bater à porta do consultório médico da clínica. Foi recebido com frieza.

— O senhor veio em vão. J. Nagy não está recebendo visitas.

— Gostaria de ouvir isso dele próprio.

— Sente-se — disse Szilvia. — Farei um café, e poderemos conversar.

Ficaram ali, sentados, tomando café, enquanto se observavam sem amabilidades. A médica atacou logo. Exigia que J. Nagy não aparecesse no documentário que estava sendo preparado, porque as emoções que o cercavam acabariam por arruinar-lhe a saúde. O escritor sequer havia se ocupado com a ideia de morte, fato incomum em sua idade, até que o tivessem envolvido com aquele papel. Desde então, não pensava em mais nada, colocando-se diante de uma situação paradoxal: a morte passou a ser o seu objetivo de vida. A pressão arterial subiu, resultado de fatores psicossomáticos. Após algumas semanas, foi possível normalizar-lhe a pressão arterial, mas sobrevieram complicações com o aparelho circulatório. Tecnicamente, isso queria dizer que havia uma elevação do tipo ST, mínima, na terceira e quarta zonas pré-cordiais, o que na linguagem dos leigos significa que o eletrocardiograma de J. Nagy sinalizava alterações agourentas. Se não fosse possível medicar isso, seria preciso contar com a possibilidade de um infarto.

— Naturalmente, ele não tem conhecimento desses fatos. Posso contar com a sua discrição?

— Fique sossegada. Desejo apenas tomar uma dose de vinho e soda com ele.

Szilvia negava-se a permitir até isso. Tudo o que lembrasse o documentário acabaria sendo prejudicial para a saúde do escritor. Ele havia se internado na clínica para fazer exames, mas a médica o convencera a ficar, porque ele se sentia protegido entre aquelas paredes. Evitava, portanto, os velhos conhecidos, que lhe traziam a morte à lembrança. A recusa de receber visitas, portanto, era uma autodefesa.

— E o eletrocardiograma dele já está normal?

— Isso não acontece assim, tão depressa.

— Anuncie-me, então — pediu Iron.

— Será pura perda de tempo.

— Diga-lhe que eu trouxe três garrafas de vinho e o mesmo tanto de soda.

— E o senhor pensa que ele será capaz de vender a paz de espírito por tão pouco?

— Conheço-o há mais tempo do que a senhora.

A médica saiu, ofendida. Retornou mais ofendida ainda. O escritor mandou dizer que receberia Iron com prazer.

Ele estava sozinho numa enfermaria de quatro camas, cercado de uma fortaleza de livros. Afastou alguns volumes para livrar uma cadeira.

— Estou vendo que você trouxe um gravador.

— Você se incomoda, se eu ligar?

— Claro que não. Mas vamos tomar uma dose antes.

* * *

Fita Número 1

— Iron, devo começar a conversa dizendo que conheço minhas obrigações.[4]

— Não vim para chamar-lhe a atenção a este respeito.

— Contudo, desejo frisar este fato. Quanto mais minuciosamente reflito a respeito de meu papel, mais claros se tornam os seus contornos.

— Está certo. Já comecei a pensar que você veio aqui para fugir de mim.

— Ao contrário: vim ao seu encontro. Não existe local mais apropriado do que uma clínica para servir aos nossos propósitos. Estou tão bem aqui que nem desejo pôr os pés para fora.

— Você quer viver dentro de uma clínica, J. Nagy? Não consigo reconhecer você.

— Viver, não; separar-me da vida.

---

[4] Este diálogo, resumido, acabou sendo utilizado posteriormente no documentário, como pano de fundo do sepultamento de J. Nagy.

— Deixe isso para lá. Disseram que a pressão baixou.

— Bom, conseguiram baixá-la, mas, graças a Deus, o meu coração não está funcionando bem. Tome cuidado para não mencionar esse fato, porque a Szilvia já se esqueceu de que chegou a explicar-me o eletrocardiograma, em detalhes, durante a sua primeira visita. Olhe você mesmo, o último exame está aí. Está mais do que evidente a elevação do tipo ST na terceira e quarta zonas pré-cordiais, o que em húngaro claro significa: o primeiro aviso. Segundo minhas avaliações, restam-me duas ou três semanas. Digo-lhe isso para você ir dividindo o tempo de acordo com o que resta.

— Eu ficaria muito mais contente se você sarasse, J. Nagy, porque a emissora inteira não para de dizer que você está nesse estado por minha causa.

— Mentira! Diga-lhes que fiquei na clínica porque não suporto sequer vê-los. Agora, quando, finalmente, encontrei um trabalho feito para mim, que diabo eu deveria fazer naquela maldita emissora? Deveria eu continuar a desperdiçar o meu próprio talento? Que escolha eu teria lá? Casar com Irén? Tornar a casar-me com Aranka? Esperar os favores de Ularik? Basta disso tudo! Diga-lhes que comecei minha jornada em direção à luz. Abandonei-me, como a um chinelo surrado, para dedicar-me apenas à arte. Aqui tenho tudo de que preciso para fazer um bom trabalho. Tenho comida, alojamento, vinho, soda, e uma médica que, se você ainda não percebeu, tem os seios de Marilyn Monroe.

— Devo entender que a médica severa já está caída por você, é isso?

— Vamos dizer de outro modo: ela não me nega aquela pouca delicadeza que é capaz de reavivar o entusiasmo de um autor.

— Por favor, vamos esquecer os dramalhões românticos de sempre. Ela mal permitiu que eu entrasse.

— Meu amigo, ela ainda vai amolecer, não se preocupe. Se não tiver outro jeito, caso-me com ela.
— Como posso ver, aqui você tem de tudo...
— Tudo que o preparo teórico exige. Todavia, tenho algumas perguntas práticas, cujas respostas não consigo obter sozinho. Vamos lá?
— O que há?
— Olhe em volta. Este quarto será o nosso estúdio. É amplo, bem iluminado, ideal. O único problema é que a sala de terapia intensiva, entupida de aparelhos, está no andar térreo. Desci para ver. Ali não conseguiremos gravar coisa alguma.
— Então, onde?
— Aqui mesmo. A única coisa que precisamos obter é a transformação deste quarto numa sala de terapia intensiva. São necessários apenas alguns aparelhos, e nada mais.
— Vamos arranjar. E o que mais?
— Um telefone.
— Que a médica arranje, já que está caída por você.
— Mas esse é o problema: ela é um pouco ciumenta. Por isso, quer me isolar do mundo exterior. Anote tudo o que estou pedindo. Pegue a minha máquina de escrever com a Irén. Com Aranka, apanhe o telefone. Depois, tire a máquina de escrever do estojo, enfie o telefone, feche e deixe aqui na portaria, em meu nome. Uma máquina de escrever não causa suspeitas. Portanto, se acontecer algo, poderei avisar você.
— Vou arranjar o telefone. Mas como conseguirei entrar aqui? A Marilyn Monroe, como eu pude perceber, tem inveja do papel que você vai desempenhar.
— Chame-a. Conversarei com ela.
— Vamos tomar uma dose, antes?
— Vamos.
— Até à vista.
— Até à vista.

* * *

Fita Número 2

— Szilvia, por favor, permita que eu grave a nossa conversa.

— Por favor. Não tenho segredo algum. O que desejam de mim?

— Apenas a sua aprovação. O meu amigo, esse jovem diretor, está fazendo um documentário a meu respeito.

— Sei, mas o tema, por enquanto, não é atual, porque, queiram ou não, eu vou curá-lo, J. Nagy.

— A qualquer hora o tema pode tornar-se atual.

— Estamos ainda muito longe disso. Além do mais, uma clínica não é um teatro.

— Bom, mas nós não estamos brincando de fazer teatro: estamos realizando um documentário com conteúdo científico. Fazemos, com o filme, o mesmo que a senhora faz com a sua clínica: servimos ao progresso da ciência.

— Isso soa melhor. Só que nós, aqui, curamos; vocês, até onde eu sei, desejam filmar a morte. Não sei por que foram escolher justamente isso.

— Porque a morte não tem modelos, Szilvia. A única coisa que sabemos é que ela nos aguarda, num lugar qualquer, e nós pensamos nela como num salto na escuridão. Ajude-nos. Criemos luz no lugar das trevas. Mostremos aos telespectadores que morrer é humano; portanto, a morte pode ser chamada pelo nome, pode ser compreendida e caracterizada.

— E qual seria a minha tarefa?

— Temos necessidade de uma mulher bonita. A sua beleza é uma hóstia que permitirá fazer com que os espectadores tomem o remédio amargo.

— Os galanteios são tempo perdido. Sou uma médica.
— Mas é disso que precisamos. A senhora vai representar o seu papel: doutora Szilvia Freund, que está acompanhando seu paciente em sua última viagem.
— Devo avisá-lo de antemão: não admito interferências em assuntos profissionais.
— Prometo que a senhora poderá fazer o seu trabalho sem interferências. Assim a senhora aceita?
— Preciso pedir permissão ao meu professor.
— Ele será comunicado pela emissora, oficialmente, ouviu, Iron?
— Vou tratar disso.
— Szilvia, a senhora é uma mulher formidável. Vai ser apaixonante podermos trabalhar juntos. Obrigado, Iron. Pode desligar o gravador.

* * *

Quando viu o diretor, o rosto de Ularik iluminou-se.
— Rapaz, finalmente consigo encontrá-lo. Espero que você tenha vindo dizer que está tudo pronto. Todos estão impacientes. Todos estão me apressando.
— Que nada, estamos longe do final ainda.
A face de Ularik transformou-se.
— Será preciso terminar esse trabalho alguma hora.
— Então, você precisa me ajudar.
— O que devo fazer?
Deviam estar apressando Ularik em demasia, porque ele prometeu fazer tudo. Falaria com o professor da clínica. Pediria autorização para a filmagem. Mandaria transformar o quarto de J. Nagy em sala de terapia intensiva. Haveria de conseguir também que fosse equipado com os aparelhos médicos mais modernos — mas que o documentário ficasse, finalmente, pronto.
— Algo mais?

— Uma bobagenzinha. A exposição internacional de rosas será aberta hoje à tarde. Mande um câmera. Preciso de uns cinco minutos de gravação, mas peço que você edite essa reportagem quando eu avisar, no noticiário da noite.
— Está certo. Posso ver pelo menos um trecho do documentário?
— Quando estiver pronto.
— Quando, segundo os seus cálculos?
— Esta palavra — "quando" — não está incluída em nossos cálculos.
— Mas eu preciso dizer alguma coisa aos meus superiores.
— Informe-os que J. Nagy está com distúrbios circulatórios.
— Já serve.

* * *

Prezado senhor médico-chefe,
Dirijo-me, novamente, a V. Sa., esperando obter o seu solícito apoio e confiando em sua condição de verdadeiro mecenas.
Quando a visitei pela última vez, percebi que a nossa querida enferma estava com a resistência baixa. Se estiver certo, preciso preparar-me para gravar as últimas cenas. É por isso que peço a sua prezada intervenção.
Tendo visto o quanto a senhora Mikó está ocupada com aquela exposição de rosas, da qual ela já não pode mais participar, convenci a emissora de televisão a preparar uma reportagem sobre o evento. Se ela pudesse assistir às cenas, estaríamos proporcionando à moribunda uma última alegria.

Desconheço o curso da enfermidade da senhora Mikó. Ouso acreditar, no entanto, que, cedo ou tarde, chegaremos a um ponto crítico em que o senhor, como médico, poderá avaliar por quanto tempo mais será possível mantê-la viva. Para mim, o ideal seria se esse período final fosse entre 19h30 e 20h, no horário do noticiário da noite.

Esse material costuma ser editado durante a tarde. Para que a exposição das rosas possa ser incluída no noticiário, preciso saber, no máximo, até às 18h se a nossa querida enferma está para morrer, ou não. Depois das 18h, costumam incluir no noticiário apenas eventos internacionais de peso significativo.

Peço-lhe, portanto, que, se o momento fatal se aproximar, me avise até às 18h, impreterivelmente, no ramal 676. Solicito esta gentileza não somente em função de meu documentário, mas também por acreditar que a senhora Mikó não poderia afastar-se do mundo dos vivos de maneira mais bela.

Aguardando suas prezadas informações,
Cordialmente,

Iron Korom

* * *

Prezado senhor diretor,

Rasguei em mil pedaços a sua carta revoltante. Não posso aceitar que em minha casa (nem sob a forma de solicitação) a ética médica seja transgredida de modo tão brutal.

Sequer o fato de o senhor ser um leigo se apresenta como circunstância atenuante. O senhor deve saber que prestei o juramento hipocrático, o que me obriga a zelar pela salvaguarda da vida. Não posso, portanto, adaptar a morte de minha paciente à sua imaginação de diretor de televisão ou ao horário do noticiário noturno. Logo, farei de conta que o senhor nem me fez solicitação alguma.

Por outro lado, infelizmente, o senhor tem razão ao dizer que a senhora Mikó está em estado crítico. Receio que ela não sobreviva ao dia de amanhã. Na qualidade de incentivador sincero de seu filme, devo chamar-lhe a atenção para esse fato. Estejam de prontidão, se desejarem perpetuar o curso do drama. Já mandei avisar os familiares da paciente.

Saudações,

Dr. István Tiszai
Médico-chefe

* * *

Manhã

— Vocês vieram, assim, por conta própria, rapazes?
— Sim, pensamos em dar um pulo aqui.
— Não foi o médico-chefe quem avisou?
— Não, não. Passamos por aqui, assim, por acaso.
— Mas eu pensei que fosse ele...
— A senhora está enganada.
— Se vierem aqui mais tarde, poderão encontrar-se com ele. Agora ele vem todos os dias.

A voz da senhora Mikó estava desbotada. Seu rosto era pele e osso. Uma máscara mortuária. Apesar disso, tudo o que dizia parecia carregado de mais confiança do que antes.

— Como a senhora está se sentindo?

— Nem consigo comer mais; apenas fico dormindo. Estou exausta.

— A senhora tem dores ainda?

— Acho que estão me dando remédios mais fortes, porque sinto apenas aquela tensão. Mas pode ser que eu tenha melhorado, porque o ânimo também melhorou aqui em casa.

— Desde quando?

— Faz alguns dias. E eu que me queixei tanto, não é mesmo?

— E o que mudou desde então?

— Muita coisa. A mamãe, por exemplo, que antes mal ligava para mim. Agora, ela me lava todas as manhãs, fica oferecendo chá, café, traz os remédios, dá de comer. Há oito anos, quando apareceu a catarata no olho dela, consolei-a, dizendo: "Mamãe, daqui para frente eu serei os seus olhos". Imaginem só: ela lembrou disso! Outro dia, ela disse o seguinte: "Você é os meus olhos, eu serei as suas pernas. Basta dizer-me do que você precisa". Imaginem só! E o mais importante é que ela não cria mais caso nem com a família Nuófer.

— A senhora percebeu isso também nos últimos dias?

— Sim, sim. Já não era sem tempo. É verdade que eles também têm se esforçado muito para agradá-la. O Sándor a entope com chocolate ao leite. A mulher, por outro lado, cozinhou só para a mamãe sopa de feijão e repolho com costela defumada. Deu para ouvir como ela agradecia: "Isso caiu muito bem, queridinha". Ela não fala desse jeito nem comigo!

— Espero que isso tranquilize a senhora.

— Veio numa boa hora, talvez no último momento. Creio que o fim tenha chegado, mas eu não tenho medo dele.

— Isto é sério?

— Sério.

— Mas é possível não ter medo? Se não quiser, não responda.
— Podemos falar sobre isso. A bem da verdade, tenho mais medo de pensar no fato de que o meu corpo estará trancado num caixão, com a tampa fechada, do que na morte. Essa é a única coisa ruim.
— Por que, poderia explicar-nos?
— Sempre desejei ter pessoas à minha volta. De dia, o pessoal da jardinagem; à noite, minha mãe e alguns conhecidos. É bom estar com alguém. Mas o caixão, eles acabam fechando, e pronto.
— Então, a senhora considera como perda maior o fato de não ter a companhia de alguém?
— Era justamente isso que eu queria dizer.
— A senhora nem teria vontade de continuar viva, se estivesse sozinha?
— Não se trata disso, embora não tenha tido muitas alegrias com as pessoas. Vivi seis anos com o meu marido; não foi bom, nem ruim; mas pertencíamos um ao outro. Em 1956, ele meteu-se nas lutas de rua, voltava para casa empunhando uma metralhadora; depois, fugiu através da fronteira. Mandava recados pelo programa *Europa Livre*, dizendo que havia chegado à América. Eu não sei para quem ele mandava o recado, porque nunca mais deu notícia alguma. Depois, veio a doença da mamãe, e foi preciso aceitar também. Depois, a família Nuófer mudou-se para cá, e foi preciso aceitar. Jamais pude mudar coisa alguma. O que vier agora, também acabarei aceitando. Esta é a minha resposta à sua pergunta.
— Resposta à qual das perguntas?
— Se eu tenho medo. Não tenho. Como estou agora, e como estarei depois, são coisas absolutamente iguais.
— Apesar disso, a senhora chegou a ter alguma alegria que lembraria com prazer?

— Não me lembro de nada.

— Por exemplo, o velho Franyó disse que a senhora era bastante respeitada lá na firma de jardinagem.

— Era, sim. Mas quando é que eles iriam encontrar outra idiota como eu? Eles diziam: é preciso fazer isso, aquilo. E isso, aquilo, era feito.

— Mas a senhora não gostava das rosas?

— Que bom que o senhor falou nisso; gostava, sim.

— Então, diga-nos algo a respeito das rosas.

— Rosas? Mas, o quê?

— Esqueça. Perguntei uma bobagem.

— O senhor não é bobo; eu sou a boba. Desde que me lembro como gente, sempre estive rodeada de rosas. Mas a única coisa que sei sobre as rosas é que não existe flor mais bonita.

— Obrigado. Isso basta. A senhora não quer descansar?

— Estou cansada. Mas se precisar para o filme, posso falar mais.

— Durma. A senhora se incomoda se nós dois ficarmos aqui?

— Não, em absoluto.

— Vamos ficar quietos. Durma bem.

* * *

Tarde

A senhora Mikó estava dormindo. Eles acomodaram-se num canto; ficaram sentados, esperando. As horas passavam. Não tinham coragem de proferir uma única palavra, nem de fumar. De vez em quando, a mamãe entrava, curvava-se sobre a filha para ver-lhe o rosto, e saía em seguida. Quando começava a escurecer, o casal Nuófer chegou. Eles tampouco fizeram qualquer ruído; acenderam apenas a lâmpada da cozinha. Parecia que até os ônibus trafegavam em silêncio para não acordar a paciente.

    A campainha tocou depois de algum tempo. A senhora Mikó acordou. O operador de câmera foi abrir a porta. O médico-chefe, doutor Tiszai, apareceu enfiado numa capa branca, do jeito que havia saído do hospital. O exame durou alguns minutos; ele pediu que saíssem e esperassem na sala.

    — Tomara que não percamos o noticiário — disse Iron.

    — Temos vinte minutos ainda — acalmou-o o câmera, cujo relógio tinha ponteiros brilhantes.

    O doutor Tiszai chamou-os. Voltaram para o quarto.

    — Estejam prontos — sussurrou. — Eu também ficarei aqui.

    A senhora Mikó não estava dormindo, mas não conseguiu voltar o rosto na direção deles.

    — Quem está aí? — perguntou numa voz anêmica, que mal se podia escutar.

    — Os rapazes da televisão.

    — Chamem a mamãe e os Nuófers. Que todos estejam aqui!

    — Agora — apressou-se Iron. — E, se permitir, trarei o aparelho de tevê também.

    — Para quê? Eu já não assisto mesmo.

    — Quem sabe tenhamos alguma coisa interessante.

    — Interessante? Para mim?

    Trouxeram o aparelho. Colocaram-no sobre uma cadeira, defronte à cama. A mamãe foi conduzida pelo operador de câmera; acomodou-a; pediu que ela se levantasse; acomodou-a em outro lugar para que não encobrisse a filha. Os Nuófers ficaram em pé, à porta. A mulher tinha os olhos marejados. O operador ficou num canto.

    — Você está pronto?

    — Comece.

— Então, vou ligar a televisão — disse Iron. E ligou o aparelho.

Eles estavam parados atrás do aparelho; só conseguiam saber o que podia ser visto na tela pela voz do locutor.

Agora, inundações. Sacos de areia para reforçar os diques. Desabrigados árabes. Nova série de máquinas na indústria de lâmpadas de Budapeste. Sessão da Academia de Ciências. Finalmente! Deus queira que seja em tempo, ainda.

— Nossos enviados especiais informam: foi aberta em Budafok a primeira exposição internacional de rosas e embalagens de rosas.

Aproximaram o aparelho da senhora Mikó o quanto puderam.

— Meu Deus! — disse ela, levantando a cabeça. Esbugalhou os olhos para a tela. — Meu Deus, aqueles lá somos nós! Por favor, levantem-me.

O médico-chefe abraçou-a, levantou-a, e enfiou o travesseiro dobrado ao meio atrás das costas da doente.

— Os senhores estão vendo? — perguntou a senhora Mikó. A voz ficou limpa, como um ferro de que tivessem removido a ferrugem. — O velho Franyó. E quantas bandeiras! Olhem lá! As rosas! Essa é a Mefisztó, da Ilha Margit. Essa, Chevalier Delbord, do sul da França. Vermelho forte. Mas estão exibindo mal. Essa é a Csárdás, cor-de-rosa, também da Ilha Margit, do Berger. A amarela, a Flamengo. A Mistério, branca por dentro, avermelhada por fora. Puxa, será que a emissora não poderia fazer um serviço melhor? Essa é a canadense, a Pérola do Mar, amarela que se funde com a cor do vinho tinto. É muito mais bonita ao vivo. Essa é a Nova Europa, de Bonn, na Alemanha. Essas são todas suecas, e aqui estamos nós, Citronella e Fairy Princess. Essa é a senhora Kántor. Ela havia dito que haveríamos de fazer fama com o Cisne Moribundo. Combinamos isso, mas de maneira melhor do que a coisa está sendo exibida. É toda branca, e tem apenas uma Tamango toda vermelha ao lado. Fui eu quem inventou, uma mancha cor de sangue, a ferida do cisne... Quem é o vencedor? Não somos nós? Onde está o velho Franyó? Jamais vi a pessoa que está recebendo o prêmio. Quem sabe o que não teria acontecido se eu também estivesse lá... Bem, é o fim. Exibiram tudo muito mal, mas foi muito bom poder ver. Rapazes, obrigada. Doutor, obrigada. Obrigada, estou bem. Obrigada, não preciso de nada.

O médico-chefe aplicou-lhe uma injeção intravenosa. Mas não pediu que eles saíssem do quarto. Os olhos da doente estavam abertos. O cobertor começou a saltitar. Ainda estava viva, mas já partia para algum lugar, como se fosse em direção do próprio abdômen, grande, como o de uma mulher grávida.

O doutor Tiszai sentou-se. A câmera estava registrando tudo. Ninguém se mexia. Silêncio absoluto. O passo dos minutos estacou. O operador de câmera fitou Iron, mas este fez um sinal com a mão: ele não deveria interromper a filmagem, por mais longa que fosse; o silêncio deveria continuar sendo registrado.[5]

A senhora Mikó acabou se pronunciando após longa espera. Parecia mais um suspiro do que uma frase.

— Por favor, chamem a mamãe.

— Estou aqui, Mariska. Você precisa de algo?

Silêncio. O médico-chefe tomou o pulso da enferma. Ela ainda respirava, mas a respiração havia adquirido uma voz. Os olhos se abriram. Fixaram-se sobre o teto. Iron deu um passo à frente.

---

[5] Editaram, nessa sequência, as tomadas feitas na firma Tiszavirág. Tudo acabou sendo apresentado mudo, as pessoas andavam a esmo, e o roseiral infinito acabou se espalhando sobre a tela. Esses dois silêncios absolutos dialogavam, como se o mundo se tivesse calado. Foi uma das partes mais belas do documentário.

— Faça a gentileza, se tiver forças, de voltar-se em direção de sua mãe.

A senhora Mikó moveu a cabeça lentamente numa direção em que não havia ninguém.

— O Sándor está aqui também?

— Estou aqui — sussurrou Nuófer.

— Por favor, pegue a mão da mamãe.

— Sente-se ao lado dela — murmurou Iron. — Olhe a câmera.

Agora, todos falavam aos sussurros, como se uma palavra mais aguda pudesse ferir a doente.

Nuófer sentou-se ao lado da mamãe, tomando-lhe a mão entre as suas duas mãos.

— Vocês estão juntos? — indagou a senhora Mikó.

— Estamos — disse a mamãe.

— Estou segurando a mão da senhora sua mãe — observou Nuófer.

— Será que você consegue ver-nos? — perguntou a mamãe.

Não havia resposta. Durante um certo tempo, não aconteceu coisa alguma. Depois, a enferma soltou um profundo suspiro.

— Ela morreu! — lamentou-se a mamãe.

O médico-chefe segurava o pulso da senhora Mikó, abanando a cabeça. Não. Ainda não. Ainda está viva. Iron, contudo, já havia feito um sinal para o operador de câmera, como se o instinto lhe dissesse: é agora. Para não ser enquadrado pela objetiva, Iron esgueirou-se junto à parede até à porta. O operador seguia seus passos. Dali Iron rumou em direção à cama. Caminhava feito uma cunha que separava a senhora Nuófer de seu filho, e Sándor, da mamãe. O operador de câmera seguia-o através desse corredor. Parou em seguida, bem próximo ao rosto da senhora Mikó.

O instinto de Iron funcionava bem. O médico-chefe soltou a mão da paciente, levantou-se, e abanou a cabeça duas vezes. Havia chegado o desenlace. Não havia nada de assustador ou assombroso: um par de olhos fechou-se, uma cabeça curvou-se, e o cobertor não executava mais movimento algum. Alguém cessava de existir. Como num final de frase, a cena estava fixada nos olhos cerrados da senhora Mikó.

* * *

O sepultamento aconteceu na tarde de um dia nublado. As nuvens negras e baixas provocaram uma escuridão diurna na cidade. Aquela iluminação poderia ser adequada para as cerimônias fúnebres, mas não era satisfatória para a filmagem.

A multidão era tão grande diante do caixão que a equipe de Iron pensou estar em lugar errado. A senhora Mikó não poderia ter tido tantos parentes, amigos e conhecidos. Quando, finalmente, conseguiram chegar junto à morta, um velhote enfatiotado de negro perguntou:

— Os senhores não se enganaram, não? Estamos enterrando uma empacotadora da nossa firma de jardinagem.

— Não seria a senhora Mikó?

— Sim, é ela.

— Então não nos enganamos.

A presença da equipe de televisão provocou confusão. Homens e mulheres retraíram-se; apenas as crianças tinham coragem de enfiar-se diante da câmera. A senhora Mikó era protestante. A cerimônia teve início. O jovem pastor, que não havia encomendado ainda muitas almas, ficou completamente alterado com a câmera de televisão. Sua voz engasgava e, por fim, ele acabou ficando rouco.[6]

---

[6] A equipe de televisão percebeu que a cena era inaproveitável. Por sorte, um padre católico de bela voz estava encomendando a alma de alguém no velório ao lado. Fizeram uma gravação de um minuto daquela

A exposição das rosas

O caixão estava vergando sob o peso das rosas. Havia tantas que foi preciso arrumar um outro veículo, carregado de buquês e coroas para seguir o carro da funerária. Iron acompanhou a mamãe até o túmulo: o véu negro de luto tornava-a mais cega ainda.

— Tirem-me desta cena — suplicava ela.
— Por que a avozinha não quer que a vejam?
— Porque não consigo chorar, e todos os vizinhos vão acabar falando mal de mim.

De fato, ela não chegou a chorar nem durante o discurso de despedida do velho Franyó e nem mesmo quando os primeiros torrões de terra começaram a desabar sobre o caixão, embora esse eco tivesse provocado o choro das mulheres e até o soluço dos homens. A objetiva percorreu as faces, em movimento lento, dedicando um segundo a cada rosto, como se estivesse enumerando todas as variações da tristeza daqueles camponeses, e, depois, num único movimento, focalizou o túmulo.

— Focalize o túmulo — disse Iron ao operador da câmera que rodopiava em círculos lentos sobre aquele mar de flores.

Rosas sobre rosas. Entre duas rosas, uma terceira, encolhida. Depois, muitas rosas, misturadas. Depois, uma única rosa. Mais uma. Outra. Mais outra. E mais outra.

— Pronto — disse Iron ao câmera. — O que você acha? Como é que vai ficar?

— Do cacete! — disse o câmera de poucas palavras.

* * *

outra cena. Assim, a protestante senhora Mikó acabou recebendo um enterro católico apostólico romano. Mas, ao menos, era possível entender o panegírico.

Quando os enlutados começavam a se dispersar, Iron procurou a mamãe. Ainda estava parada junto ao túmulo, gorda, envolta num véu, sozinha.

— Meu carro está aqui. A prezada avozinha não quer que a levemos para casa?

— Sim, por favor. Como os senhores podem ver, ninguém mais pensa em mim.

Ela mal conseguiu enfiar-se pela porta do veículo. Falou o tempo todo, desde que o carro partiu até o momento em que chegaram, enquanto devorava um sanduíche com frios fatiados, envolto num papel impermeável. A longa cerimônia fúnebre deixara a velha faminta.

Dizia apenas algumas palavras a respeito da filha.

— Coitada, confiava em todos. Morreu como viveu: agora também acreditou naquilo que desejava acreditar.

Sobre o discurso do velho Franyó:

— Como ele a elogiou! Mas se eu não o cutucasse, bem que ele esqueceria do auxílio-funeral!

A respeito da multidão de enlutados:

— Todos lá da firma acabaram se acotovelando. Primeiro, fizeram-na trabalhar até a morte. E agora eles acreditam que podem pagar-nos com as suas miseráveis rosas.

Depois apenas a respeito da família Nuófer:

— Viram só? Todos de luto! Ainda bem que não chegaram a tingir o cabelo! E ainda ficaram chorando! Mas é claro que eles chorariam! Aliás, um cigano chora quando quer. Talvez de alegria, porque eles pensam que fizeram um grande negócio. Mas eu posso confidenciar aos senhores: eles estão redondamente enganados. Seis dias depois da morte da Mariska, não haverá mais mamãe alguma: apenas o menino deles. Entendam-me bem: aquele garoto não nasceu para viver. Ele já tentou se envenenar uma vez. Desde então, nem consegue ficar sozinho. Aliás, deixem-me dizer mais uma coisa: eu nem mesmo digo uma única palavra ao garoto. É assim: quando ele está estudando, eu vou para a cozinha; se ele vem atrás de mim, eu saio. Sou uma velha semicega que fica zanzando, emudecida. Quando falam comigo é como se eu nem ouvisse. Não podem provar coisa alguma contra mim e, no final das contas, não serei eu quem vai romper o contrato. Serão eles! Muito obrigada por terem me trazido. Os senhores fizeram-nos bastante mal, mas não são maus rapazes, não. Aliás, serão até meus convidados para um almoço, digamos, lá pelo Natal. Vão ver, sim: teremos um banheiro, uma residência toda pintada. Por sinal, percebo que vocês são meio mortos de fome; por isso deverão receber charutos de repolho e um bolo caseiro de chocolate; a advogada prepara isso muito bem. E, então, se vocês quiserem ser bons para mim, poderão trazer-me, de tardezinha, até o cemitério. Minha pobre Mariska, até lá espero que ela possa ter descansado. Chegamos? Ajudem-me a descer. Ai, vejam só, esses carros pequenos não foram feitos para mim! Adeus, rapazes. Desejo sucesso para o filme de vocês.

* * *

No dia seguinte, havia um recado para Iron na televisão. Ularik desejava falar-lhe com urgência. Logo teve um mau pressentimento. Não se enganou.

— E a quantas vocês andam, garoto? Os meus superiores estão muito curiosos.

— Eles devem esperar só mais um pouquinho.

— Na opinião deles, o seu filme é uma coisa que não dá para ficar esperando. Eles querem ver o roteiro. Eu também.

— Ainda não sonorizamos o filme. Não há ruídos, não há música. Ainda não tem forma.

— Olhe, eu não sou nenhum iniciante. Juntem o que vocês têm, e pronto!

Estavam sentados na sala de projeções Ularik, Iron e o operador. O filme havia sido projetado. A sala ficou iluminada. Um longo silêncio. Iron sentiu calafrios. Era o silêncio da execução das sentenças de morte. Ularik acendeu um cigarro, permaneceu calado; digeria as coisas. Desde que o conheciam jamais receberam dele uma única palavra de reconhecimento. Agora, no entanto, depois de longa expectativa, rosnava alguma coisa:

— Até que não está tão mau assim.

Será que Iron compreendia bem? Nova espera.

— Eu estava preparado para algo mais assustador.

Mais tarde:

— O que resta, ainda?

— J. Nagy.

— Isso também será encerrado com o sepultamento?

— O que eu posso fazer? O filme fala sobre isso.

— E ele, coitado, vai morrer de quê?

— Presumivelmente, de infarto.

— É uma pena.

— Por quê? Um infarto é mais vistoso do que um câncer.

— Você não entende disso. Como pode saber quantos tipos de desenlace tem um ataque do coração? Se vocês tiverem sorte, J. Nagy vai dar um suspiro, e pronto. Meu pobre e finado pai foi mantido vivo durante umas quatro semanas com um coração artificial, ou coisa do gênero. Se o final for assim, não poderemos apresentar o documentário de vocês, porque as cartas de reclamação chegarão aos milhares.

— Restam só uma ou duas cenas para serem filmadas.

— Esperarei, mas vocês já podem contar com uma coisa: o filme jamais será projetado.

— Está certo. A simples existência dá sentido à criação artística.

— Se um Fellini dissesse isto, eu me curvaria diante dele. Mas você é apenas um iniciante, um diretorzinho que faz o seu primeiro filme.

— Todo gênio já foi iniciante, Ularik.

— É imponente a sua autoconfiança. Contudo, nem você pode exigir do J. Nagy que produza um ataque cardíaco de acordo com o desejo da emissora de televisão.

— J. Nagy crê naquilo que faz.

— Mas ele não dá ordens à morte.

— Quando alguém deseja algo com intensidade, costuma consegui-lo.

— Então, boa sorte, meu rapaz.

* * *

Todas as noites, quando a clínica sossegava, J. Nagy tirava o telefone contrabandeado da caixa, chamava o amigo e mantinha deliciosos diálogos com ele. Prestava contas a respeito do seu estado de saúde e sobre os pequenos acontecimentos da clínica. Iron, por seu turno, falava a respeito de suas conhecidas, das fofocas que correm a respeito delas, dos fatos da televisão, e sobre a projeção do documentário e da conversa mantida depois com Ularik. Mas acrescentou, logo em seguida:

— Não entenda isto como se estivéssemos apressando você. Não é preciso levar ao pé da letra aquilo que o Ularik afirma.

— Exceto quando ele tem razão.

— Ularik tem razão? Em quê?

— Receio que tenha marcado um gol contra com esse quarto de tratamento intensivo.

— Foi você quem o desejou, J. Nagy.

— É verdade. Mas se você me visse deitado aqui, levaria a sério o que Ularik disse a respeito do pai.

— Mas qual é o aspecto de um quarto de tratamento intensivo?

— Venha para cá amanhã. Você vai ver. Além disso, sinto-me mal.

— O que você tem? O que é que dói?

— Sinto uma pressão no peito. Uma coisa parecida com a de seis anos atrás.
— Não me assuste, J. Nagy.
— Coragem! Não se assuste com a notícia, meu amigo.
— Sou seu amigo e preocupo-me com você. Espero que você não duvide disso.
— Não somos mais amigos, Iron. Somos apenas artistas.
— As duas coisas não se excluem.
— Conosco as coisas estão no seguinte pé: vamos continuar bebendo juntos ou vamos, finalmente, fazer um filme decente? Escolhemos o filme. Venha cá amanhã, e veja o seu cenário.

* * *

Quando entrou no quarto, Iron nem sabia onde se encontrava. Afinal, até um quarto de doente possui estilo e ânimo; o silêncio, a ordem e a brancura próprios não devem ser gerados pelo sofrimento da enfermidade, mas pela esperança da cura. Essa magia, contudo, havia se dissolvido. O quarto de quatro camas passou a ter apenas duas, e fazia lembrar a sala de operações de uma central elétrica, de tão repleta que estava com instrumentos de medição, aparelhos, monitores. No canto, um botijão de oxigênio, como uma bomba de ar.
— Cuidado! Não tropecem nos fios! — advertiu J. Nagy.
Ele estava muito mal. Não se apressou em recebê-los; sequer se levantou da cama. Sentou-se apenas. Puseram o vinho e a soda. Não tinha vontade de beber. Disse que a limonada dele estava à mão. Foi a primeira vez que o viam com barba por fazer.
— A Szilvia vem logo. Quando ela se curvar sobre mim com o estetoscópio, dê uma espiada no decote dela. Você não vai se arrepender.
— Obrigado, J. Nagy.

— Ela está furiosa, porque encontrou e desapropriou o meu telefone. Você deve pedir-lhe desculpas.

Szilvia chegou. Meneou a cabeça levemente, curvou-se sobre J. Nagy com o estetoscópio em punho. Iron pôde espiar durante muito tempo o decote de Szilvia. Depois, fez uma cara de penitente e pediu desculpas pelo telefone.

— Se eu desculpar, será por este quarto. Afinal, nós sempre tivemos falta crônica de camas na unidade de tratamento intensivo.

— Obrigado, doutora. A senhora se dispõe, agora, a conversar comigo?

— Tenho autorização para isso. Devo ficar em pé, sentar-me, o que eu devo fazer?

— O melhor seria que se deitasse — aconselhou J. Nagy, que recebeu um tapa delicado.

O criado-mudo estava forrado de flores (sinal evidente de que as mulheres ainda não haviam desistido do escritor). Iron mandou a médica sentar-se.

— Posso começar? — perguntou J. Nagy. — Prezados telespectadores, quero apresentar-lhes, agora, a doutora Szilvia Freund, professora-assistente da clínica. Ela está sentada aqui, junto de mim. Portanto, os senhores podem ver, ao mesmo tempo, os dois atores principais de nosso filme. Um é o doente, representado por mim; o outro, a médica. Esta relação é simples, clara, e prescreve, de modo exato, o que devemos fazer. Eu devo executar de modo correto aquilo a que me propus; ela, por sua vez, deve lutar escrupulosamente para que eu continue vivo. Faremos de tudo para não assustar ou enfastiar os telespectadores.

— Perdão — interrompeu Szilvia. — Sou uma médica, e devo levar em conta apenas uma coisa: a cura de meu paciente, o que deve acontecer, assim esperamos, em breve.

— Eu também espero. Caso contrário, a senhora deverá seguir o nosso roteiro.

— De que roteiro o senhor está falando? Não estamos num estúdio; estamos numa enfermaria.

— Disso eu entendo melhor, Szilvia. Uma agonia também possui a sua dramaturgia. Acho que há instrumentos em demasia, porque eu não gostaria que a técnica se sobrepusesse ao nosso drama, que envolve duas pessoas. Imagine-se no lugar dos espectadores. O que eles desejam saber? Não querem saber das aventuras da técnica; querem saber, isso sim, de duas pessoas que lutam, de mãos vazias, contra um inimigo invisível.

— Se eu desistir das conquistas da Medicina, o único prejudicado será o senhor.

— Szilvia, a senhora faria um favor para mim se me deixasse a sós com a morte.

— Se e quando eu tiver de desistir da luta, o senhor ficará a sós com ela, sem dúvida. Mas por que devemos falar a esse respeito, agora?

— Porque, por exemplo, chegou aos meus ouvidos uma história em que mantiveram o paciente artificialmente vivo durante quatro semanas. Obrigado, mas isso não é para mim.

— Chamamos isso de reanimação. Em caso extremo, podemos utilizar.

— Szilvia, assim o trabalho de longas semanas seria destruído. Se os telespectadores tivessem calafrios com o filme, ele jamais seria exibido.

— E eu devo devolver o meu diploma?

— Conhece aquela anedota em que o milionário Kohn vai à Polícia prestar queixa porque não lhe permitem que ele peça esmolas?

— Conheço.

— Então, por que não me deixa morrer, Szilvia?

— Pare com as gracinhas, J. Nagy. Diga o que quer de mim.

— Um homem está vivo enquanto está consciente. Entremos num acordo: se eu perder a consciência, a senhora vai parar de atuar. Vai deixar de reanimar-me ou amarrar esses aparelhos todos em mim, com esses fios. Deixará que eu desempenhe o meu papel com as minhas próprias forças.
— Não posso prometer isso.
— Mas o que quer fazer comigo?
— O mesmo que faço com qualquer outro paciente.
— Inclusive se a visão é repugnante?
— Se houver necessidade, sim.
— Mesmo que o filme jamais seja exibido?
— Sim.
A discussão foi interrompida: alguém chamava Szilvia.
— Olha o que fez o amor! — observou Iron, quando ficaram a sós.
O escritor sorriu, confiante.
— Não tema, meu amigo. A última palavra sempre é do moribundo.
Ele não pôde dizer qual seria aquela palavra, porque a médica voltou. Escancarou a porta. Entraram dois enfermeiros, com uma maca. Colocaram-na sobre o piso e puseram o doente sobre a cama. Szilvia tomou-lhe o pulso e, com um gesto, expulsou a equipe de Iron do quarto.
— Estejam aqui exatamente às dez e trinta — disse-lhe J. Nagy.
Szilvia, estetoscópio em punho, curvou-se sobre o enfermo. Iron conseguiu lançar um olhar de despedida sobre o estonteante seio da médica.

* * *

J. Nagy morreu na tarde do dia seguinte, exatamente como desejava: foi uma morte cinematográfica, atraente, sem qualquer intervenção médica ou qualquer fato assustador. A última palavra acabou sendo, enfim, a dele.

Pode-se apenas supor o horário de sua morte, porque ele estava sozinho. Szilvia estava ocupada com o doente vizinho. A equipe de Iron havia voltado para a emissora. Houve quem estivesse convencido de que o escritor estava apenas dormindo o sono dos justos.

Iron foi informado do ocorrido somente à noite, quando a doutora Freund, voz trêmula de desespero e raiva, telefonou-lhe:

— E o senhor tem a coragem de dizer que não havia percebido nada?

— O que eu deveria ter percebido?

— Como se o senhor não soubesse! Seu assassino ordinário!

Ela bateu o telefone.

Era muito tarde, mas Iron foi à emissora de televisão. Estava tão excitado que não tinha sequer coragem de dirigir. Tomou um táxi, pediu a chave do laboratório, procurou a fita, e foi direto à sala de edição. Passou o filme duas vezes seguidas; depois, ficou sentado, fitando o projetor escuro. Agora, é claro, a cena possuía aspecto diferente; mas procurava em vão, não conseguia encontrar o trecho que lhe permitisse suspeitar de algo. Não havia o menor sinal de que aquele corpo gordo de J. Nagy estivesse absorvendo sessenta comprimidos soporíferos.

É verdade que ele parecia ter dormido mal quando o visitaram às dez e trinta. Chegou a dizer, inclusive, que não pregou o olho a noite inteira. Mas todos sabiam que ele dormia pouco. Ninguém poderia suspeitar de nada. Além do mais, pediram autorização à médica para filmar.

— Foi bom vocês terem vindo — disse Szilvia, levantando o olhar da cama do novo paciente. — Vocês devem distraí-lo, porque ele está espreitando cada movimento.

Somente depois disso é que puseram mãos à obra, sem suspeitar de coisa alguma, e com muita consciência. Não!

Ainda não! Sugeriram ao escritor, primeiro, que dormisse um pouco. Poderiam transferir a gravação para o dia seguinte.

— Fiquem — disse J. Nagy. — Ajustem a câmera de tal modo que o biombo esteja enquadrado.

Nenhum vaticínio de que essa conversa terminaria com a morte de um homem.

— Tomada, começo — disse Iron, e o trabalho havia sido iniciado.

* * *

Um biombo separava o escritor do paciente vizinho. Mal se podia ver o outro enfermo: ele era apenas uma combinação, com início e fim, de instrumentos, aparelhos, fios e tubos. O doente jazia ali inconsciente, e seus sinais vitais eram indicados e perpetuados apenas por pontos e traços luminosos. Sobre a cabeça, havia algo semelhante a uma máscara; dois tubos de borracha levavam oxigênio através das narinas; em ambos os braços estavam espetadas agulhas; debaixo de uma das axilas, o sensor do aparelho de medir pressão; havia eletrodos nos tornozelos e punhos. Uma freira estava de guarda, enquanto a médica observava os instrumentos. Havia silêncio absoluto; apenas o paciente resfolegava.

— Foi por causa dele que você não conseguiu dormir? — indicava Iron para o biombo.

— Ninguém dormiu aqui. Veio inconsciente, mas foi reanimado, diversas vezes. Uma vez, ele suplicou que o deixassem morrer. Mas falava em vão para eles. Eu também torcia para que ele morresse, porque não conseguia despregar os olhos. É como se a gente contemplasse o próprio futuro.

— Quem é ele?

— Um paciente sem nome. Os transeuntes recolheram-no na rua, estava sem documentos, sem dinheiro, morto de bêbado. Vomitava sempre que voltava a si. Havia um cheiro de botequim de esquina aqui dentro.

— Você não quer que interrompamos, J. Nagy? Descanse.

— Vamos continuar. O máximo que eu vou pedir é que, se eu adormecer, você não me acorde.

— Claro que não. Eu nem sei por que você se esforça e fica conversando. Aconteceu alguma coisa que deva ser incluída em nosso filme?

— Aconteceu que estou assustado, pela primeira vez desde que aceitei o papel. Sempre levei a vida na flauta e supunha que seria capaz de separar-me dela sem problemas, exatamente como me livrava dos meus amores. Cheguei, agora, à conclusão de que as coisas podem ser diferentes.

— Você se assustou com o desconhecido sem nome?

— Sim. Você tem um amigo imprestável, meu caro amigo. Eles só colocaram o biombo de madrugada. Até então, precisei assistir a tudo. Dizia para mim: você não deve preocupar-se, é uma outra pessoa; mas foi tudo em vão. Não há outro, quando o destino é comum. Qual é a diferença? A distância de um braço que nos separa. É quase nada. A morte clínica poderia apanhar-me também, durante uma tragada.

— Mas ele foi reanimado. Nem isso conseguiu acalmar você?

— Não. Mas li tudo o que consegui obter da literatura técnica. Porém uma coisa é ler; outra, é ver. Arrumaram uma veia. Depois, injetaram um instrumento minúsculo dentro de um tubo milimétrico, braço acima, até o coração. Está lá, e fazem o coração dele funcionar com impulsos elétricos. Fiquei olhando Szilvia boquiaberto; ela fazia aquele coração morto do sujeito voltar a funcionar, com tanta elegância. "Você é um carrasco lindo", disse-lhe. "É isso o que você quer fazer comigo também?" Ela respondeu: "Não me chame de você: durma!". E mandou trazer o biombo. E agora, o que ela está fazendo?

— Está lá, sentada.

— Está sentada, esperando poder estragar o nosso filme. Mas ela pode esperar por mim, ah! pode.

— J. Nagy, não se martirize com esses pensamentos.

— Tem muito de meu trabalho nisso e estou correndo atrás do meu dinheiro. Imagine você se o biombo estivesse aqui, e não ali, e que a Szilvia estivesse sentada a meu lado. Como diretor do filme, o que você faria comigo? O telespectador não está interessado num corpo inerte; ele deseja um figurante capaz de sentir e de pensar; alguém capaz de fitar a câmera; alguém como eu, capaz de falar de maneira articulada, com sentido.

— Esperamos que seja assim.

— Vá pro inferno com as suas esperanças! É preciso antecipar-se aos acontecimentos. Em outras palavras: precisamos da ideia de um bom produtor.

— J. Nagy, eu não sou o senhor da vida e da morte.

— É melhor você confessar que não consegue ter qualquer ideia.

— Que ideia? Foi você quem veio à clínica; foi você quem pediu a mão da Szilvia peituda; foi para você que eles montaram este quarto de tratamento intensivo. Agora, vire-se. E se você não tiver ideia melhor, durma bastante.

— Mas tenho. De madrugada, quando eu já estava muito esgotado, descobri a única solução.

— Estou muito curioso.

— É um trabalho dobrado, mas vale a pena. Preste atenção, meu amigo: eu não morrerei uma vez, mas duas. Que diabo você está olhando? É uma coisa simples. Agora mesmo poderei interpretar para você uma agonia que deixaria até o Ularik satisfeito. Depois, se necessário, você poderá filmar a agonia verdadeira também. Você terá duas mortes e poderá aproveitar no documentário aquela que estiver melhor.

— Ora, isso não é um trabalho decente, J. Nagy. Nós estamos fazendo um documentário.

— Para que jamais seja projetado? Seria uma pena.

— Foi você quem disse, certa feita, que eu não deveria ficar com trejeitos de artista, mas deveria filmar o real, e nada mais.

— Vamos apostar: a minha primeira morte será melhor que a verdadeira.

— Não custa nada, e já que estamos metidos nisto, vamos experimentar. O único problema é que você é um escritor, e nós precisaríamos de um bom ator.

— Não tenha receio por mim, meu amigo. Eu nem poderia representar, porque sou incapaz de pronunciar algo em que não acredito. Por sorte, pensei tanto a respeito da morte, e ela está tão próxima de mim como você está agora.

— Dói algo?

— Agora, nada.

— Então, você precisaria mentir, porque, além do sono, você não tem coisa alguma.

— Basta. Comecemos com o sono, e vamos chamá-lo de ameaça mortal. Além do mais, dormi mal a vida inteira.

— Eu sei.

— E de que mais você precisa? Entendamo-nos da seguinte maneira: envenenei-me.

— Não compreendo. O que você tomou, J. Nagy?

— A coisa mais simples: soporíferos. A possibilidade está à nossa inteira disposição. Calculemos. A freira tem colocado dois comprimidos por noite sobre o meu criado-mudo. Suponhamos que eu tenha podido renunciar ao sono, para o bem do nosso filme. Suponhamos também que eu tenha tomado sessenta comprimidos. E suponhamos, ainda, que isso tenha acontecido há pouco, quinze minutos antes de vocês chegarem. Olhe para mim sabendo que tenho mais uns quinze minutos à disposição. A Szilvia não ouve, nem enxerga, por causa do doente anônimo. O que se passa lá, atrás do biombo?

— Estou vendo a médica e dois homens vestidos de branco.
— Ótimo. Isso quer dizer que é uma junta médica. Foi possível pôr os médicos em xeque. Comece. Um escritor bate as botas, primeira versão.
— Como devo começar?
— Pergunte.
— Perguntar o quê?
— Qualquer coisa. Falemos sobre qualquer coisa. Afinal, isso vai aparecer sobre a tela emoldurado em luto. Grave a cena, enquanto dura a junta médica.
— Está certo. A morte de J. Nagy. Versão primeira. Gravando.

* * *

— J. Nagy, desejo cumprimentá-lo em nome de nossos telespectadores. Estamos aqui no quarto da clínica, onde há tempos você está esquentando a cama. Primeira pergunta: como você se sente?
— Assim: nem bem, nem mal. Os exames indicam que o funcionamento de meu coração está piorando.
— Mas como você se sente?
— A mente está clara, mas tenho sono. Os membros estão pesados e a língua move-se com dificuldade.
— Você quer que eu mande vir um café?
— Resta pouco tempo. Não devemos desperdiçá-lo.
— Então, falemos sobre o tempo. Nós costumamos pensar em termos de anos, decênios. Seria interessante saber o que sente alguém que tem apenas alguns minutos de vida.
— Não é nada perigoso. Você pode dividir bem dez minutos, e pode dividir mal trinta e cinco anos. Estou em vantagem diante de vocês, porque, ao menos, não tenho como estragar a minha vida.

— Glória ao escritor espirituoso. Mas os telespectadores não estão curiosos com o seu senso de humor.

— Não se trata de humor; é humor negro.

— Tanto faz. Mas, por favor, vamos falar sério. Conte-nos, como você passaria os minutos restantes?

— Primeiro, eu beberia algo, porque a minha boca está ficando seca.

Tomou um gole de limonada.

— Caiu bem — disse, satisfeito. — O que mais eu faria? Se fumasse, acenderia um último cigarro. Se fosse um escritor de maior talento, dirigiria a palavra à humanidade. E se ainda fosse um homem, e pudesse estar a sós com a Szilvia, eu a arrastaria para junto de mim, na cama, na esperança de que o meu cacete ainda levantasse.

O operador da câmera gargalhava. Alguém, do outro lado do biombo, mandou que se calassem. Iron estava furioso.

— Você fica me apressando, e, no entanto, fica falando tantas besteiras que o Ularik vai mandar cortar do documentário.

— Ele faria mal. Ninguém ainda confirmou se nos tornamos impotentes no umbral da morte. É um grande tema, meu amigo.

— Mas isso nós não conseguiremos decidir agora. Portanto, vamos falar de outras coisas, e num outro tom. J. Nagy: qual é a melhor lembrança de sua vida?

— As mulheres.

— E a pior lembrança?

— As mulheres.

— Chega! Se continuar assim, vão projetar a sua luta mortal num cabaré em que se comemora o Ano Novo.

— Cada pergunta tem a resposta que merece. Invente alguma coisa melhor.

— Então, confesse-nos, se você teria medo ao saber que,

em poucos minutos, você deveria morrer? Por favor, não brinque com a resposta, agora.

— E você não fique sempre aí com esse modo condicional, porque eu me perturbo em meu papel. Entenda o seguinte: o soporífero começa a fazer efeito dentro de minha cabeça.

— Como você quiser. Pergunto-lhe, portanto, e não é no modo condicional, o seguinte: você deseja que a médica faça uma lavagem estomacal?

— Não.

— Quer dizer que você não está com medo?

— Não.

— Será que você pode explicar? Isso nos interessa a todos, aos telespectadores, e a mim também, porque todos nós temos medo dela.

— Eu, no entanto, à medida que me preparava para o nosso documentário, tive tempo para refletir. Não há dúvida: ela é a parte mais forte. Todos os nossos minutos pertencem à morte. Todos as nossas horas, os nossos dias. A única coisa que não sabemos é qual será aquele instante, dentre tantos, que ela haverá de escolher. Os prezados telespectadores estarão tremendo por causa disso. Mas eu já superei tal fato. Logo mais terei adormecido, exatamente como sempre, quando, de noite, deixava o livro, apagava a luz e cerrava os olhos. Daqui a alguns minutos terei repetido este fato cotidiano; quer dizer, terei escapado às mãos da morte. Pela primeira vez na vida, estou livre.

— Graças a Deus. Finalmente, um pouco de filosofia. O único problema é que a sua voz está muito baixa.

— Cansei-me de falar. Ponha o microfone mais perto, e continue perguntando.

— J. Nagy, pergunto-lhe o seguinte: será que vale a pena essa curta liberdade, sabendo que você não acordará mais?

— E então, o que é que acontece? Não verei mais este

quarto de hospital, nem o doente anônimo a meu lado, nem Ularik, nem Aranka, nem Irén? E o que o mundo vai perder? Um escritor de segunda e um documentário sobre a poluição atmosférica. Mas o mundo vai ganhar, em compensação, este filme em que um artista, pela primeira vez desde a criação do homem, despe a morte dos segredos tão temidos. Reconheça, todos saímos lucrando. Você havia perguntado se eu tenho medo. Sente medo apenas aquele que tem ainda algo a perder.

— J. Nagy, de qualquer modo, você acabará perdendo alguma coisa. A diferença entre *ser* e *não ser*.

— Sim, isso é verdade.

— Fale a respeito disso. Estamos interessados naquilo que cessa de existir em você.

— Você ainda sabe aritmética? J. Nagy menos J. Nagy é igual a zero. Não há nada para declarar a respeito do nada.

— Você está tagarelando e desconversando, perdendo tempo precioso. Não o estou interrogando a respeito do nada, mas a respeito do anulamento. Dizem que até os animais pressentem a morte e, por isso, acabam se escondendo quando ela se aproxima. Pergunto-lhe: o que se passa em seu interior, minutos antes de sua própria anulação? Observe e informe as suas observações.

— O que eu estou observando? É como se a sua voz estivesse chegando de mais longe.

— Fala a respeito de si próprio, e não a respeito da minha voz.

— Não estou notando nada de extraordinário.

— J. Nagy, procure recuperar as forças. O documentário logo chegará ao fim. Chegou o seu grande momento. Concentre-se.

— Concentrar-me em que diabo de coisa?

— Para saber se, nesta situação crítica, você está bem consigo próprio.

— Estou.

— Certo, mas em harmonia ou em situação dramática? Trata-se de algo dissimulado ou explosivo? Fale!

— Se você quer saber se estou tenso, a resposta é não. É como se eu tivesse de sair por uma porta, e nada mais.

— Você está se comportando como se tivesse de ir fritar bolinhos.

— Veja, até que não seria mau.

— Que vergonha! É apenas isto o que você é capaz de mostrar a respeito de si próprio, no ápice do papel? Saiba que eu terei de cortar isto do filme.

— Por quê? Creio que esteja morrendo de maneira bastante elegante.

— É, e de maneira monótona, J. Nagy. O telespectador começa a ficar tenso quando sabe que um objeto de valor está em vias de ser perdido. Você, ao menos, deveria resistir! Até uma mosca se debate antes de morrer. Depressa, J. Nagy, eu preciso de uma cena de conflito!

— Posso fazê-la.

— Isto não é suficiente. Enganei-me a seu respeito. Se você não tem nada mais a declarar, deveria, pelo menos, despedir-se de forma gentil.

— De quem?

— Do mundo, ora!

— Iron, começo a ter muito sono.

— Não quero nem saber. Sem despedida, não há filme. Quando alguém morre, o espectador deseja conhecer-lhe as últimas palavras.

— Minha cabeça está oca, Iron.

— Esforce-se.

— Estou pregando os olhos.

— Mas é preciso!

— Posso dar um peido. Sempre fui capaz de fazer isso com mais jeito do que escrever, por exemplo.

— Lá vem você com outra das suas! Deixe para lá, já que você não tem coisa melhor para dizer. O espectador não está interessado na capacidade que você tem de soltar gases.

— Certo. Então, o que diz respeito ao peido, você pode cortar do filme. Onde estávamos mesmo?

— Os prezados telespectadores gostariam de ouvir as palavras de despedida do escritor moribundo.

— Não me lembro de coisa alguma.

— Você precisa tentar, J. Nagy. Há semanas que você está envolvido com a ideia da morte.

— Uma ideia tem valor relativo. Aquilo que parecia importante então agora contém o vazio de uma bolha de sabão.

— Será que você não consegue construir uma frase que faça sentido?

— Tudo o que eu sabia até agora acabou se desvalorizando.

— Improvise então.

— Eu prefiro despedir-me apenas de você. Adeus, Iron. Faça muitos bons filmes.

— Você não me comove. Foi você quem me disse, certa feita, que éramos profissionais.

— Um profissional também pode sentir sono.

— Não há desculpas. Trabalhe. É preciso oferecer algo para os espectadores.

— Toda a minha vida foi um grande quebra-cabeças. Deixem-me, pelo menos, morrer em paz.

— Só os donos de mercearias costumam morrer em paz. Mas eles não são visitados por equipes de televisão. Você é um escritor respeitado pelos espectadores, e eles esperam de você uma bela frase de despedida.

— E onde é que eu vou buscar a tal frase? Devo inventar? Devo mentir por acaso? Não tenho mais forças.

— Diga o que você quiser, não importa; mas deve ser alguma coisa bonita. A beleza é arte, e a arte não pode ser mentira.
— Toda a arte é mentira, Iron.
— Sim, uma mentira em que se pode crer.
— Crer? Em quê? Na resignação eterna?
— Retire isso, agora mesmo!
— Não retiro!
— Então o nosso filme acabou!
— Não me interessa. Acabou. Quero dormir, Iron.
— Não me arruíne! Um escritor não pode morrer assim! Um ímpeto final e diga coisa com coisa.
— Como você está vendo, um escritor pode morrer assim mesmo.
— O sono está fazendo a sua memória falhar. Mas eu farei você recordar-se. Primeiro, que você aceitou desempenhar este papel; segundo, que você ficou se preparando para ele durante semanas. E justamente agora, no momento final, é que você deixa de acreditar naquilo que faz?
— Acredito no que faço. É o primeiro trabalho de minha vida em que não preciso mentir.
— Você diz isto apenas para tirar vantagem.
— Espere um pouco. Um dia, você também chegará à mesma conclusão. A única coisa sincera no mundo é a morte.
— Finalmente! Está vendo, isto é uma coisa bonita! Será que você não poderia enfeitar um pouco mais?
— Não poderia, não.
— É uma pena. Mesmo assim, é melhor do que nada. Portanto, estas serão as suas palavras finais. Repita, por favor, de modo mais claro.
— O quê? — perguntou o escritor, lânguido.
— A frase anterior. Mas não fique aí piscando, cochilando. Olhe a câmera. O que foi? Você esqueceu? Você disse que

a única coisa sincera no mundo é a morte. Repita! De olhos abertos, se puder.

O escritor estava mudo.

— Abra a boca, J. Nagy! Soletre isto. Depois, você pode fazer o que quiser.

Não havia resposta alguma. O operador de câmera aproximou-se da cama.

— Olhe, acho que ele adormeceu — disse ao diretor.

Iron também se aproximou e olhou.

— Estamos bem arrumados — suspirou. — Não dá para entender nem aquela frase maldita!

— Talvez dê.

O escritor já não ouvia nada, porque havia adormecido. Iron começou a sentir pena dele. Foi uma pena torturá-lo. O que poderiam esperar dele, afinal? Deixou de dormir a noite inteira, coitado. Agora, era a tranquilidade dos gordos que se espelhava sobre o rosto dele, embora tivesse o aspecto dos exaustos. Um sorriso se escondia no canto dos lábios, como se estivesse lembrando de um último gracejo não pronunciado.

Iron chamou o operador de câmera. Foi assim que gravaram a última cena sobre o escritor, que parecia dormir tranquilo, tendo ao fundo o biombo e o criado-mudo com flores e um copo de limonada.

Depois, com jeito, para evitar ruídos, começaram a arrumar as suas coisas.

* * *

— Depressa, o respirador! — disse Szilvia para a enfermeira, que se apressava em empurrar para junto do enfermo um equipamento novo.

Iron e o câmera detiveram-se. Nem poderiam ir adiante. Precisaram assistir à introdução de um tubo com lâmpada na ponta na boca do paciente e, traqueia abaixo, até os pulmões. Quem poderia dizer para que servia aquilo tudo? Se chamam àquilo de respirador, talvez ele faça o doente anônimo respirar, já que ele estava tomado de uma cor pouco diferente da fronha. J. Nagy saberia, com certeza. Sorte que ele já estava dormindo. Senão, ficaria nervoso novamente.

— Está reagindo? — indagou a freira.

— Sim, está — disse Szilvia. Somente agora havia percebido a presença da equipe de televisão. — E os senhores, estão esperando o quê?

— J. Nagy adormeceu. Pediu para não ser acordado.

— É melhor que ele durma — afirmou a médica, sem tirar os olhos de cima do anônimo. — Pelo menos, ele não ficará prestando atenção em nós.

Afastou-se um passo. Finalmente podiam sair. Respiraram aliviados. Desceram a escadaria correndo. Conseguiram entrar no carro. Podiam retornar à emissora.

— O que você acha? — perguntou Iron durante o trajeto.

— Ele não estava em boa forma hoje — disse o câmera.

— Eu bem que avisei: isso requeria um ator, não um escritor.

— Mas é o que temos — concluiu o câmera.

Chegaram. Iron levou a fita ao laboratório. Anotou: "Urgente!". Não sabia, contudo, que aquela era a última fita de seu documentário.

* * *

A emissora de televisão considerou J. Nagy defunto de sua propriedade.

— Faleceu heroicamente, enquanto cumpria o dever — afirmou Ularik durante o panegírico. — Ele viverá para sempre no coração dos telespectadores.

Como convinha a J. Nagy, inúmeras mulheres elegantes rodeavam o caixão. Iron Korom estava ausente. Seus amigos aconselharam-no a não aparecer no enterro, considerando o ânimo geral das pessoas.

* * *

A EXPOSIÇÃO DAS ROSAS[7]

A televisão exibiu um documentário sombrio e depressivo que, no entanto, provoca muita reflexão. Os autores fixaram como objetivo de seu trabalho oferecer aos espectadores a possibilidade de lançar uma olhada sobre um império do qual, como é corriqueiro afirmar, nenhum viajante retornou ainda.

Os três protagonistas, que puderam ser acompanhados em sua última jornada desde a cama em que jaziam enfermos até o túmulo, tiveram desempenho de primeira qualidade. Iron Korom também merece palavras de reconhecimento, embora a tarefa inusitada tenha ultrapassado, em alguns momentos, a capacidade do diretor iniciante.

A emissora de televisão é digna de elogios por ter criado condições para a exibição do filme. Desde a invenção da câmera, já pudemos ver em nossos lares as profundezas dos oceanos, a escalada do Himalaia, os segredos das florestas virgens, isto é, o inatingível tornou-se palpável. O homem moderno conhece o mundo de maneira mais completa do que os seus ancestrais podiam conhecê-lo. "A única coisa para a qual não dispomos de um modelo é a morte", sentencia um dos personagens do filme.

---

[7] Resenha publicada pela imprensa diária.

Os autores de A *exposição das rosas* compensaram esta lacuna. Os espectadores mais exigentes, que não desejam apenas distrair-se, mas pretendem ilustrar-se, puderam passar uma hora memorável diante da televisão.

A reportagem que se seguiu — *Visita a um moleiro de 95 anos* — foi um contraponto eficiente. O personagem idoso, bem disposto, ainda hoje em plena atividade, chegou a observar que, embora a morte seja certa, uma existência saudável e capaz de evitar os vícios pode prolongar-nos a bela vida, para nós tão cara.

SOBRE O AUTOR

Filho de um farmacêutico, István Örkény nasceu em Budapeste, na Hungria, em 5 de abril de 1912. De espírito aberto e inquieto, dedicou-se inicialmente ao estudo da Química e Farmácia, diplomando-se nesta última em 1934.

Em 1936, publicou seus primeiros poemas e começou a frequentar círculos intelectuais boêmios, que professavam concepções de mundo inteiramente opostas às de sua família burguesa. Para afastá-lo desse convívio, a família o enviou a Londres e Paris. Örkény retornou à Hungria em setembro de 1939, logo após a invasão da Polônia pelas tropas nazistas, ocorrida a 1º de setembro, e que deflagraria a Segunda Guerra Mundial. Em 1941 lançou sua primeira coletânea de contos, *Tengertánc* [Dança do mar]. De origem judaica, o escritor foi convocado no ano seguinte, sendo designado para combater na frente oriental, na região do Don, na Ucrânia. Capturado em 1943, ficou detido em um campo perto de Moscou, ocasião em que redigiu a peça de teatro *Voroniej*.

Libertado ao final do conflito, voltou a Budapeste em 1946 e ingressou no Partido Comunista Húngaro. Tem início então um período de grande produtividade, no qual lança praticamente um livro de contos por ano e conquista um primeiro reconhecimento público — não isento, porém, de conflito com as autoridades partidárias. Considerando-se profundamente marcado pela experiência da guerra, publicou em 1947 o estudo sociológico *Làgerek nèpe* [O povo dos campos]. Logo vieram à luz suas primeiras peças de teatro e novas coletâneas de contos. Passou a ganhar a vida como cronista na imprensa e também adaptando textos para o teatro. Apesar de suas polêmicas com os dirigentes culturais, recebeu em 1953 o Prêmio Attila József. Em 1956, publicou uma de suas obras de maior sucesso, o livro de contos *Ezüstpisztráng* [A truta de prata], e no ano seguinte, seu segundo romance, *Glória*.

Desligado do Partido Comunista desde 1956, ano em que a Revolução Húngara é reprimida pelas tropas soviéticas, sofre um período de censura que se estende de 1959 a 1963, durante o qual vê reduzidos os seus meios de subsistência e é proibido de publicar. As obras de ficção que lança ao final desse período de silêncio, *Macskajátèk* [Os gatos], em 1966, e *A família Tóth*, em 1967, são adaptadas para o teatro e tidas imediatamente como "obras clássicas". Escritor sensível ao grotesco e ao absurdo, mas ainda assim em muitos aspectos simpático ao sofrimento humano, Örkény é reconhecido como um dos inventores de um novo gênero, o "miniconto", presente em seu livro *Egypercesek* [Histórias de um minuto], de 1968, que traz peças literárias até de três linhas. Sua última obra de ficção foi *A exposição das rosas*, publicada em 1977 e traduzida para diversas línguas.

István Örkény faleceu em Budapeste, no dia 24 de junho de 1979, consagrado como um dos autores húngaros mais significativos do século XX.

SOBRE O TRADUTOR

Vojislav Aleksandar Jovanovic é doutor em Semiótica e Linguística, professor de graduação e pós-graduação da Faculdade de Educação da Universidade de São Paulo, e ensaísta e tradutor de algumas línguas da Europa Centro-Oriental. É autor de *Descubra a linguística* (1987) e *À sombra do quarto crescente* (1995).

Dentre outros livros, traduziu, do tcheco, *Histórias apócrifas* (1994), de Karel Čapek, e *Nem santos nem anjos*, de Ivan Klíma; do húngaro, *História da literatura universal do século XX* (1990), de Miklós Szabolcsi, e *A exposição das rosas* (1993), de István Örkény; do sérvio, *Paisagem pintada com chá* (1990), de Milorad Pávitch, e *Café Titanic* (2008), de Ivo Ándritch.

Organizou, prefaciou e traduziu as antologias *Literatura iugoslava contemporânea — Sérvia* (1987); *Osso a osso* (1989), de Vasko Popa; *Bosque da maldição* (2003), de Miodrag Pávlovitch, *Caracol estrelado: poesia sérvia contemporânea da segunda metade do século XX* (2008) e *Céu vazio: 63 poetas eslavos* (1996), com obras de poetas sérvios, eslovenos, croatas, tchecos e poloneses, além de escrever uma introdução à peça de Karel Čapek, *A fábrica de robôs* (2010).

Este livro foi composto em Sabon,
pela Bracher & Malta, com CTP da
New Print e impressão da Graphium
em papel Pólen Soft 80 g/m² da Cia.
Suzano de Papel e Celulose para a
Editora 34, em junho de 2016.